夢幻紳士

怪奇篇

珍藏版

高橋葉介

YOUSUKE TAKAHASHI

丁安品 譯

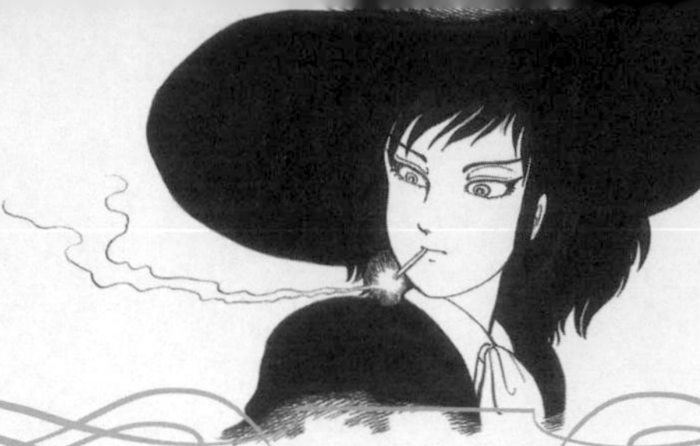

夢幻紳士【怪奇篇】珍藏版　目次

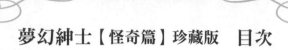

第一夜　幽靈船

シュッ!
咻!
ボッ!
啵!

真是寧靜的夜晚啊。
！
……
看您的表情，彷彿見鬼似的。
您一個人嗎？
STAR
10 Cigarettes WITH MOUTHPIECES
……是的。
家人呢？
不……我現在沒家人……
不好意思，可以讓我獨自靜一靜嗎？
如果您有什麼煩惱的話，不妨和我說說吧？
！

我……
我……
我原本是東京F大學的教授，妻子的年紀比我小一輪……她一直沒有懷上孩子。
雖然我們不曾為此發生爭執，但我內心其實有些在意。
我有個年輕的助理教授同事，過去也曾是我的學生。不知從何時開始，妻子和那個助理教授越走越近。
……兩人似乎還一起去看戲、吃飯。
雖然懷疑妻子對我不忠，我卻始終提不起勇氣質問她。

在我苦惱的這段期間，妻子有了身孕，生下了女兒。
我幾乎都要對有孩子這件事斷念了。對於這份天賜的禮物，應該要感到開心的……
但隨著女兒的成長，我的疑心越來越重。
她長得和母親很像，然而——她是不是也有些神似那個男人呢？
我對女兒的態度……也日漸冷淡了起來。
妻子為此斥責了我，
我們甚至大吵一架。
某天，女兒在妻子外出時死了。

她失足摔進了後院的古井裡。
那天我人待在書房。
妻子回家後指責我，她堅信我當時肯定聽見了女兒的呼救聲。
「我什麼都沒聽到。」我如此否認。

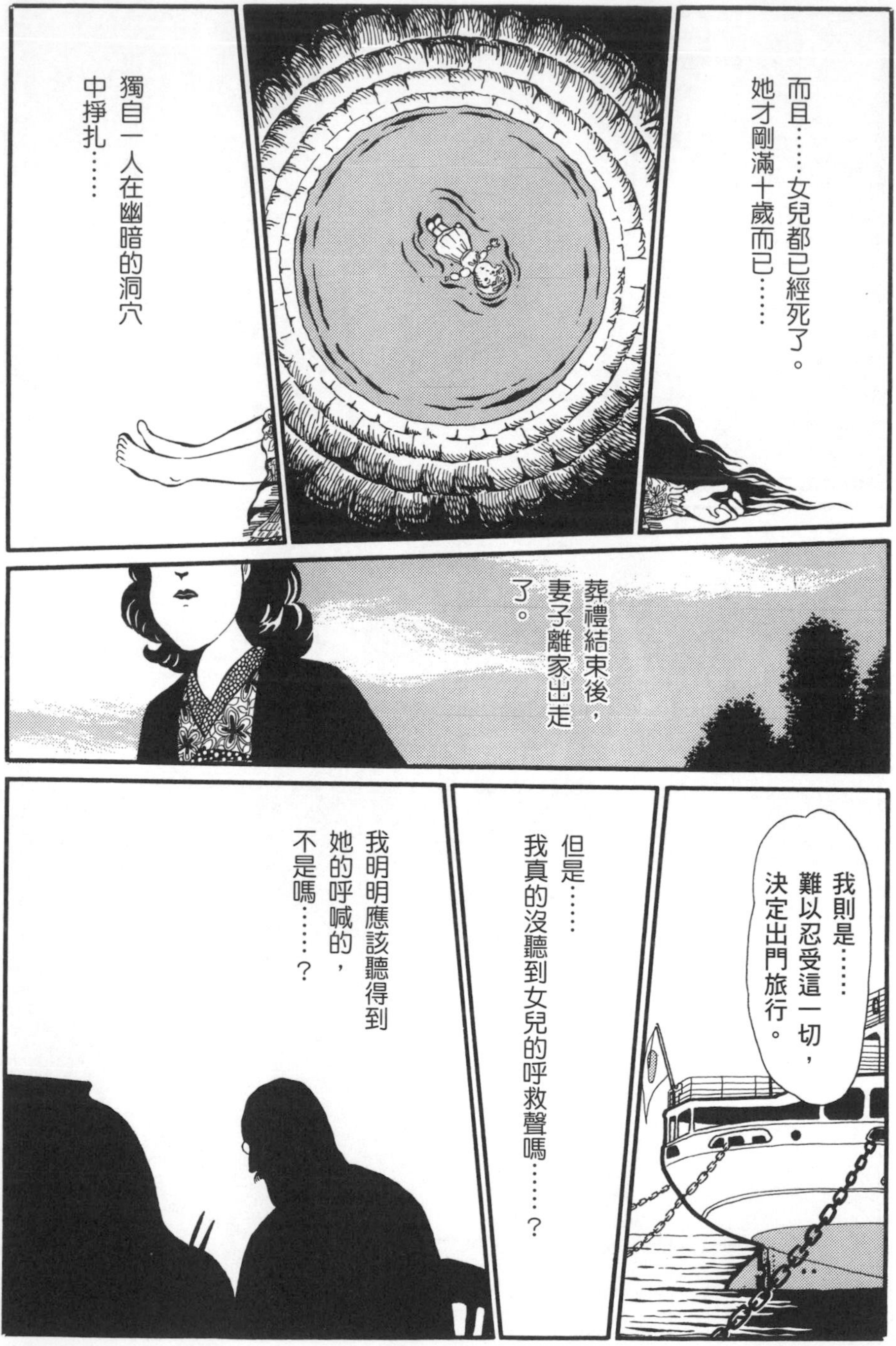
而且……女兒都已經死了。
她才剛滿十歲而已……
獨自一人在幽暗的洞穴
中掙扎……
葬禮結束後，
妻子離家出走
了。
我則是……
難以忍受這一切，
決定出門旅行。
但是……
我真的沒聽到女兒的呼救聲嗎……？
我明明應該聽得到
她的呼喊的，
不是嗎……？

在我內心的某處……該不會……
其實一直希望她死去吧？我……我……
！
啊！
不好意思，失陪了。

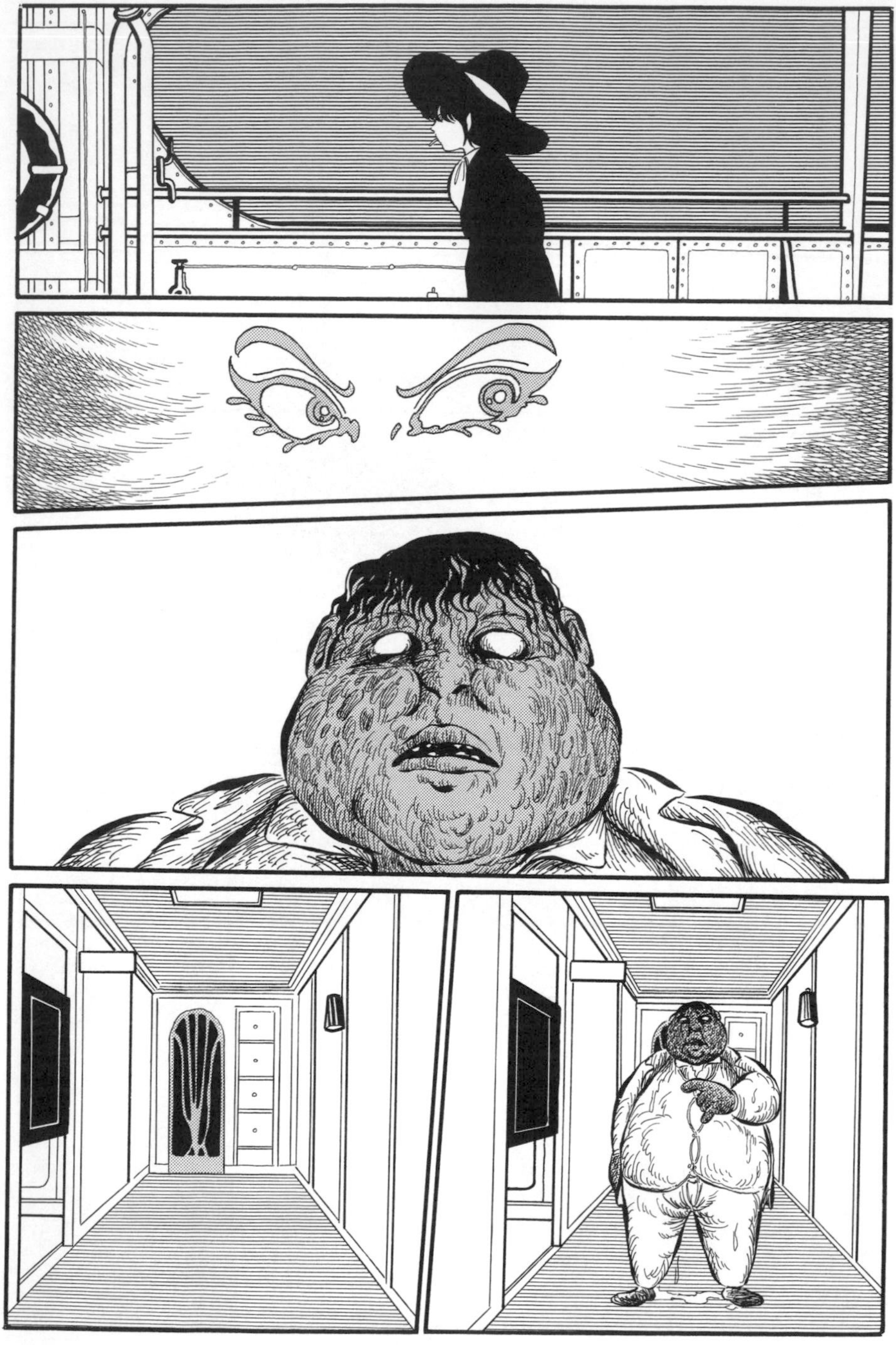

嘔──嘔──嘔嘔───！
暈船嗎？
咦？啊……不是的。
我才剛乾完一瓶酒，接下來還要繼續喝。
哈哈……酒精中毒可是我的心願。
勉強硬喝可不行啊。
對了，有沒有興趣陪我喝幾杯？請到我的船艙吧。一個人喝酒也挺沒勁的。

真安靜。
這趟船旅真無聊。
反正連暴風雨也不會來吧。
您有想藉酒忘卻的心事嗎？
不……沒有。
如果您有什麼煩惱的話，不妨和我說說吧？
！
……那傢伙……是個好人……

K是我的兒時玩伴……我們感情很好。
兩人小時候經常玩得滿身是土，像兩隻小狗似的，打鬧在一塊。
只不過K是財團的大少爺……我是他家傭人的兒子。
也多虧了他，我才能進學校念書。
K不諳世事、為人大方，從不以顯赫的身世為傲。他就像一匹血統純正的賽馬，不但學業優秀，也受到大家的敬重。即使是對我這種傭人家的兒子，他也不曾投以輕視的眼光。
這反而讓我倍感苦痛。
如果……他流露出一絲絲特權階級的自傲，或許我還能藉著輕蔑他獲得些許的優越感吧？而事實上，我任何方面都贏不過他。

毫無女性經驗的K在某一天，向我坦承他遇見了理想的女性。
K卻為她痴迷不已，不停匿名地寫一些愚蠢詩句和情書給她。
對方是個隨處可見的咖啡店女侍，在我看來，就是個無聊的女人罷了。
我懷著一絲惡作劇的心情——睡了那個女人。
我只是想小小地報仇而已。
512150
我不過亮出一張十圓鈔票，那女人就立刻投懷送抱。……沒想到，K竟是打從心底對她著迷。

K自殺了。他躍入沼澤，屍體過了很久才浮出水面。
他精緻端正的容貌和身體，在沼氣下變得醜惡又腫脹……
腐爛的皮膚一層層褪落……
我……
我……

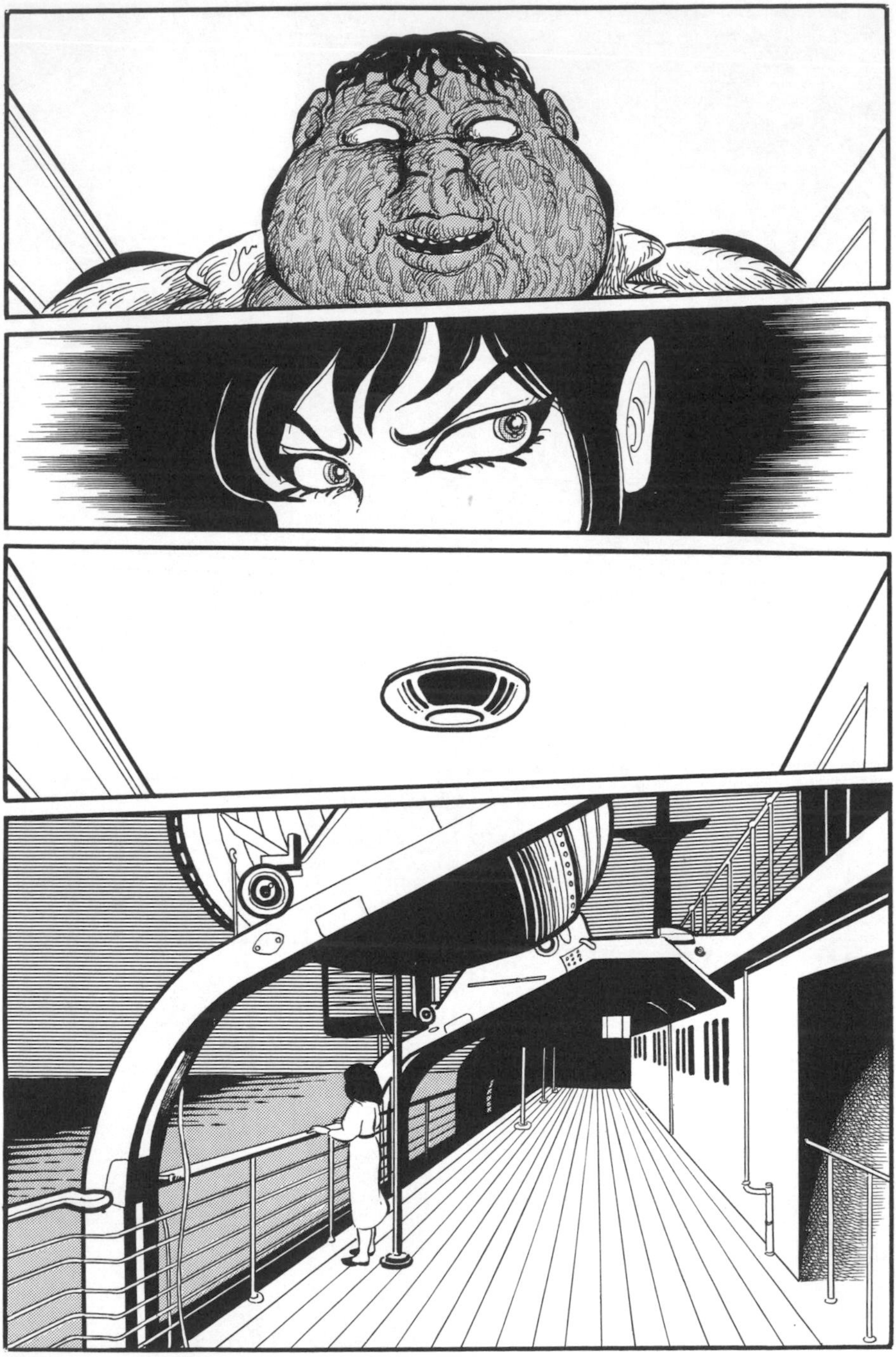

睡不著嗎？
！
大海真安靜。
嗯……
就是太安靜了才睡不著的。
好暗啊……彷彿光是盯著海面，就會被捲入其中……
如果您有什麼煩惱的話，不妨和我說說吧？
我的母親……過去是別人的小妾……
……一直以來只有我們母女倆相依為命。……但母親病逝後……我失去了依靠。就在我煩惱著該如何是好的時候……

以前照顧我母親的人家——也就是我的親生父親那邊——捎來了聯絡。明明長久以來對我們不聞不問，那戶人家的夫人卻突然邀我過去他們家。
說是我的父親已在多年前過世，膝下也沒有孩子。她覺得很寂寞，希望能一起生活。
宅邸相當廣大，夫人也讓人畏懼。
我們家沒剩下多少財產，也必須養家糊口。妳來這裡可不能白吃白喝啊。
夫人說完這番話，便辭退了宅邸的所有傭人。
全部的工作都落到了我頭上，從清掃、洗衣服、照顧夫人起居，到修剪庭院花草，我就像個下女般不停幹活。

偶爾有客人來訪時……
您瞧，她是小老婆的孩子喔。
我可憐她沒父沒母就收養了她，沒想到卻一點也不機靈。
哎，不過有些人天生就是這樣，這也沒辦法。
我為老爺奉獻了一生，多少存了一些積蓄，這些辛苦掙來的財產最後也都會被她奪走吧。
您看看她的臉，擺明著希望我快點上西天，都等不及了呢。
啊，真是太可怕了！
每當聽到這些話，我都悲痛不已，一個人默默哭泣。
但如果真的離開這個家，我就無處可去了，因此還是咬牙忍了下來。

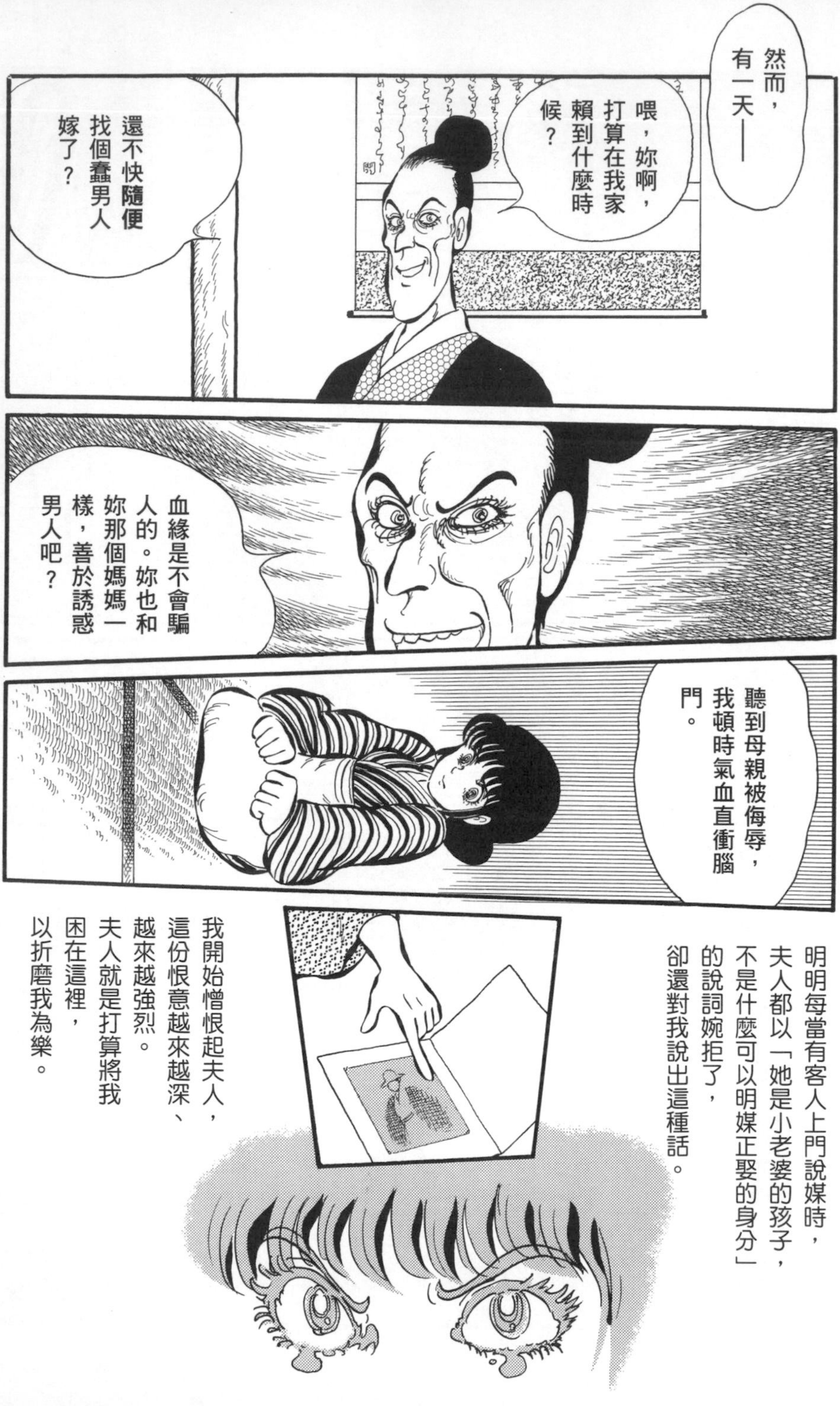
然而，有一天——
喂，妳啊，打算在我家賴到什麼時候？
還不快隨便找個蠢男人嫁了？
血緣是不會騙人的。妳也和妳那個媽媽一樣，善於誘惑男人吧？
聽到母親被侮辱，我頓時氣血直衝腦門。
明明每當有客人上門說媒時，夫人都以「她是小老婆的孩子，不是什麼可以明媒正娶的身分」的說詞婉拒了，卻還對我說出這種話。
我開始憎恨起夫人，這份恨意越來越深、越來越強烈。夫人就是打算將我困在這裡，以折磨我為樂。

當天晚上，我悄悄潛入夫人的臥室。
夫人近來受失眠所苦，就寢前總會吞幾粒醫生開給她的安眠藥，所以我不用擔心吵醒她。
只要在木桶裝滿水、將毛巾弄濕後，再摀住她的口鼻……
唔！
夫人一動也不動了。我從她藏錢的地方取走所有財物，立刻逃出宅邸。

我離開家後就去買了衣服，
整頓好旅行的行李，跳上了船。
那座宅邸不常有訪客，想必夫人的屍體過好幾天都不會有人發現吧。
她可能現在還睡在臥室的床鋪呢。
我殺了人……我親手殺了人……我……

是爆炸！
怎麼了？發生什麼事？
出事啦！
船要沉了！
沉船啦！沉船啦！
救命啊！
冷靜點！
大家不要慌！
救救我！
快降下逃生艇啊！動作快！
救命啊！
救生衣
水滲進來了！
船要沉了！
是水！
沉船啦！
救命！

ワーー
ワーー
ワーー
哇——
哇——
哇——
救命啊！救救我！
我現在過去！撐著點！
啵
！

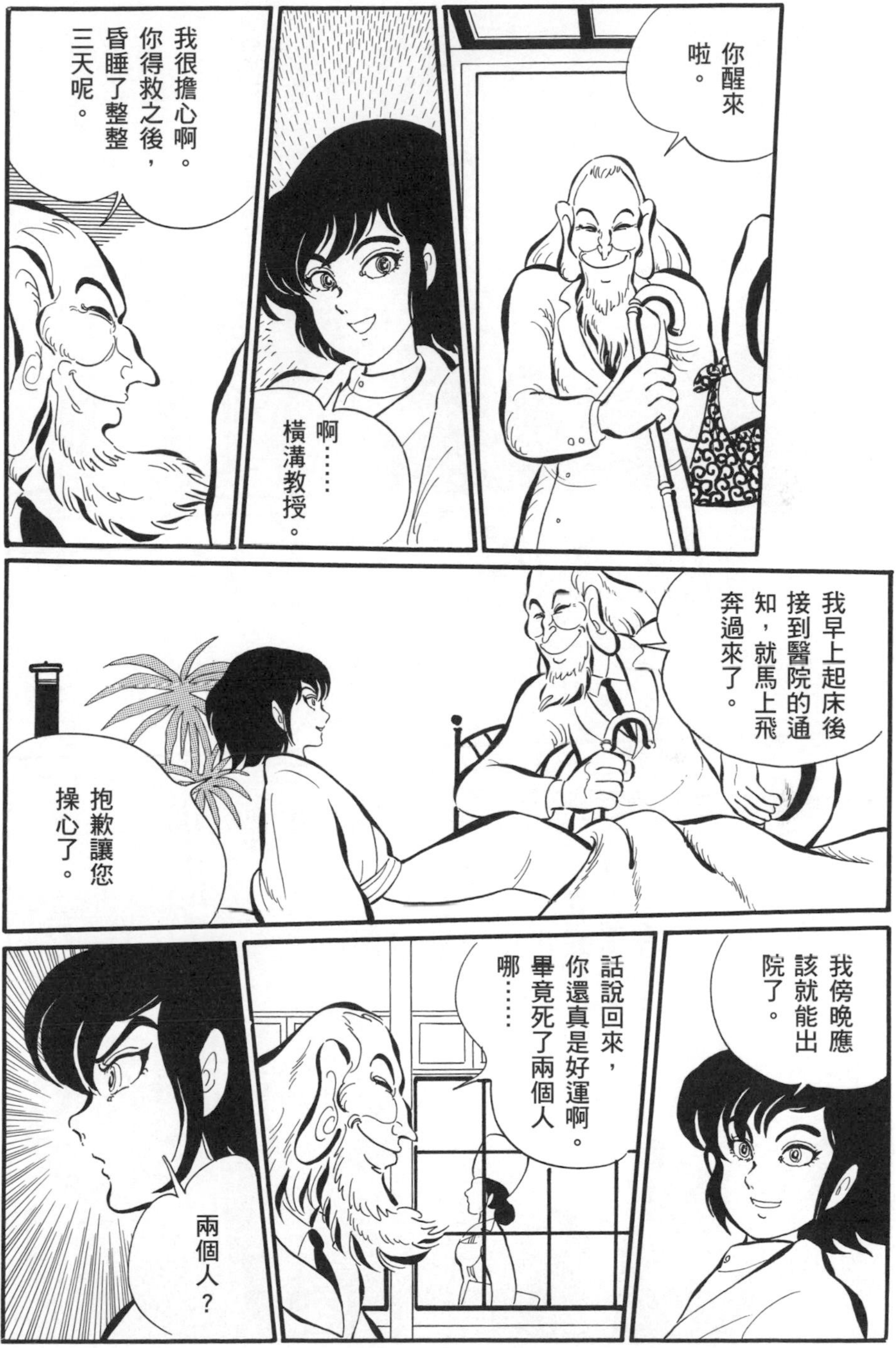
你醒來啦。
啊……橫溝教授。
我很擔心啊。你得救之後，昏睡了整整三天呢。
我早上起床後接到醫院的通知，就馬上飛奔過來了。
抱歉讓您操心了。
我傍晚應該就能出院了。
話說回來，你還真是好運啊。畢竟死了兩個人哪……
兩個人？

沒問題嗎？要不要到我家稍事休息？
我沒事的。
這話只能悄悄地說……船之所以會爆炸，似乎是誤觸了海軍演習時放出的魚雷。
大概這場意外最後也會被歸結為原因不明吧。
！
那個女孩是!?
噢……她好像和你一樣，獲救後昏迷了好幾天。
她的母親今天來接她，應該正準備辦理出院吧？
護士是這樣和我說的。

母親……？怎麼可能!?
我真的好擔心妳啊。
萬一妳出了什麼意外，我往後的人生該以什麼為樂呢？
……
呵呵……妳以為我真的死了嗎？
我早就察覺妳的陰謀，那天睡前故意沒吃藥。
放心吧，我不會告訴警察的。我怎麼可能讓可愛的女兒成為前科犯呢？
來，回家吧。
我們倆一起生活吧。就像過去一樣，今後也一直、一直……

〔幽靈船〕終

很久很久以前，
有個魔法師惡作劇
將男子的妻子變成了雞。
男子央求讓妻子變回原樣，
但魔法師不理睬他。
男子便說：
「那也把我變成雞吧。」
——於是，兩隻雞從此過著相親相愛的生活。
（摘自傳說故事）

第二夜　老夫婦

BAR
在那角落喝酒的就是那個人。
你如果要和他搭話，最好是謹慎一點。
!

為、為什麼？
就在兩、三天前，
有個蠻橫的惡霸向他挑釁。
對方拎起他的衣領，正準備一拳揮下去的時候……
你猜怎麼著？

他只是瞪了對方一眼。
那個惡霸就——突然堅信自己是個三歲的小鬼，吸吮著手指哇哇大哭了起來！
他啊，只是披著人類的皮囊……
那正是我要尋找的人！
您是夢幻魔實也先生嗎？
冒昧向您搭話請見諒，我聽說了您的傳聞，慕名而來。
!?
我不喜歡喝酒的時候有人打擾。

我、我明白，但是……
沒剩多少時間了!!
我可是能將你變成貓狗，甚至變成毛毛蟲也沒問題。
酒保都告訴你了吧？
我、我都知道，所以我才來向您求助。
?
總之，請您先聽聽我的故事吧。
我的名字是……小堀貞一。

我在一間小公司工作，
本來預計在下個月結婚。
我的未婚妻叫做木戶八重子。
但是，就在今天早上……她被捲入了一場事故。
她現在人在醫院……幾乎失去了意識。
隨時都會撒手人寰。
然後呢？我可不是醫生。

請您……讓她做一場夢。
……
我在《犯罪實錄》和《奇蹟》讀過您的事蹟。
新趣味
您擁有不可思議的力量。
您可以操縱他人的夢境，
甚至還能移植記憶……我沒說錯吧？
我還聽說有很多案件都是靠著您的力量解決的。
拜託了！請您讓八重子做一場夢吧！

你想讓她做什麼夢？
和我結婚的夢！
讓她夢到我們一起生活、誕下孩子……
平凡的人生就夠了。兩人共築小家庭，
然後逐漸變老。
……要不是這場意外，她實際上就能擁有這樣的生活。只要讓她夢見這些就夠了。
八重子的父母在她小時候就過世了，一直以來，她都是獨自一個人。

她經歷過許多苦難……
甚至被壞男人騙。
土雞蛋
三顆十圓
八重子她……
她的一生一直很不幸。
與她相識後……

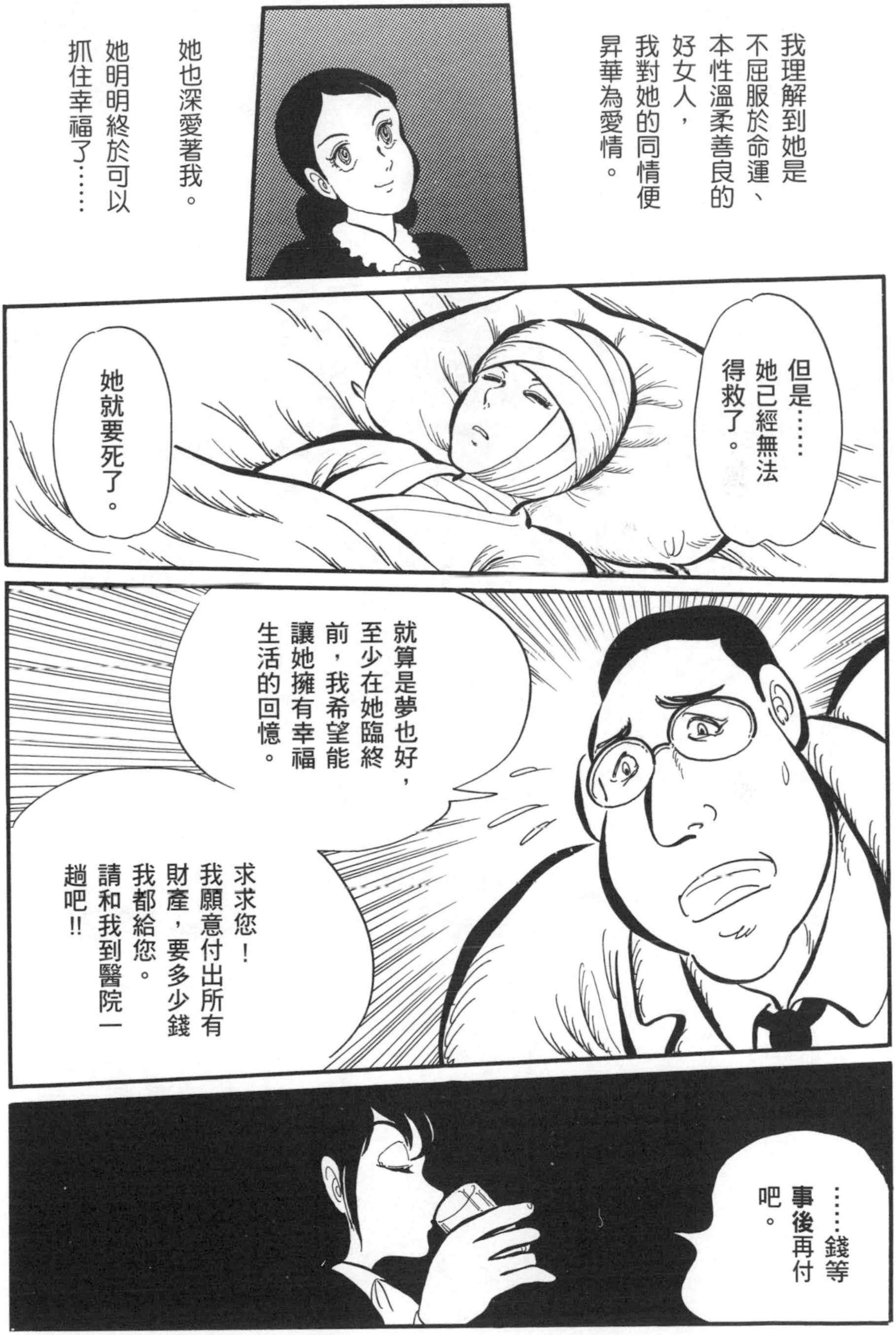
我理解到她是不屈服於命運、本性溫柔善良的好女人，我對她的同情便昇華為愛情。
她也深愛著我。
她明明終於可以抓住幸福了……
但是……她已經無法得救了。
她就要死了。
就算是夢也好，至少在她臨終前，我希望能讓她擁有幸福生活的回憶。
求求您！我願意付出所有財產，要多少錢我都給您。請和我到醫院一趟吧!!
……錢等事後再付吧。

這是在耍什麼花招……病人已經沒剩多少時間了啊。
拜託您，請放手讓他去做吧。
她幾乎失去意識了，我不確定催眠有沒有效果喔。

……來吧，聆聽我的聲音。
只要聽我的聲音就好。
妳和小堀貞一結婚了……舉辦了正式婚禮，兩人結為夫妻。
你們租了一棟小房子，一起生活。
妳的丈夫認真又溫柔，工作相當順遂。
妳每天早上送丈夫出門，晚上迎接他回家，過著快樂的日子。家庭也很和平。
沒多久，妳生下了孩子。
是一名男孩，名字是……

名字要叫什麼？
是的！呃——那麼……就叫他貞次郎吧。
你們將他命名為貞次郎，是個很有活力的孩子。
他健康地長大，腦袋很聰明……長得和父親一模一樣。
貞次郎從學校畢業後，渡海去了美國。
起初相當辛苦，但最後成功開了一間餐廳。

到他年紀再大一點，便和當地的女性結了婚。
你們的孫子也出生了。
貞次郎近期會帶著家人，三個人一起來日本拜訪你們。
妳看著隨信寄上的孫子照片，滿心期待與他們相見的日子。
丈夫的頭髮開始變得花白。
妳的老花眼也逐漸加重，近來還常常忘東忘西。兩人笑說彼此都變老了啊。

妳過得很幸福……
妳的人生非常地幸福……
她、她笑了！八重子露出笑容了!!
謝、謝謝您！非常感謝您！
八重子！

原來如此，真是一樁佳話啊！

想必那名女子也能含笑而終了。
不。
？
她沒死呢。
她奇蹟似地康復了……啊，我們在那邊轉彎吧。

總之，半年後她的身體逐漸好轉，甚至可以出院了。但是……
催眠並未消失。
她一直深信自己已經是個老太太。
她對小堀喊「老伴」，滿心期待與孫子見面。
她說話的姿態，就像個駝背走路的老太太似的。

她臨死前受到的催眠，
已經強烈烙印在心裡。
雖然我嘗試了許多方法，都無法解除催眠。
太殘酷了！
也就是說……
她這一輩子……
都會相信自己是老太太嗎？
她明明還這麼年輕，
卻得過著深信自己已經衰老的生活嗎？
這實在是……！
比死亡還殘酷啊！

小堀失落地牽著
堅信自己是老人的
八重子女士，
離開了醫院。
後來呢？你之後還遇過他嗎？
就在幾天前，小堀突然出現在我面前。
就在上次那間酒吧。
你知道他對我說了什麼嗎？

『請您也催眠我吧，就和八重子一樣！』
『既然她終將活在夢裡，那我也想和她活在相同的夢境中！』
您瞧，他們就在那裡。

他們正聊著住在大海另一頭的兒子一家人呢。
思念著未曾出世的兒子、不可能存在的孫子。
宛如老人般地談話，宛如老人般地走著，宛如老人般地生活。

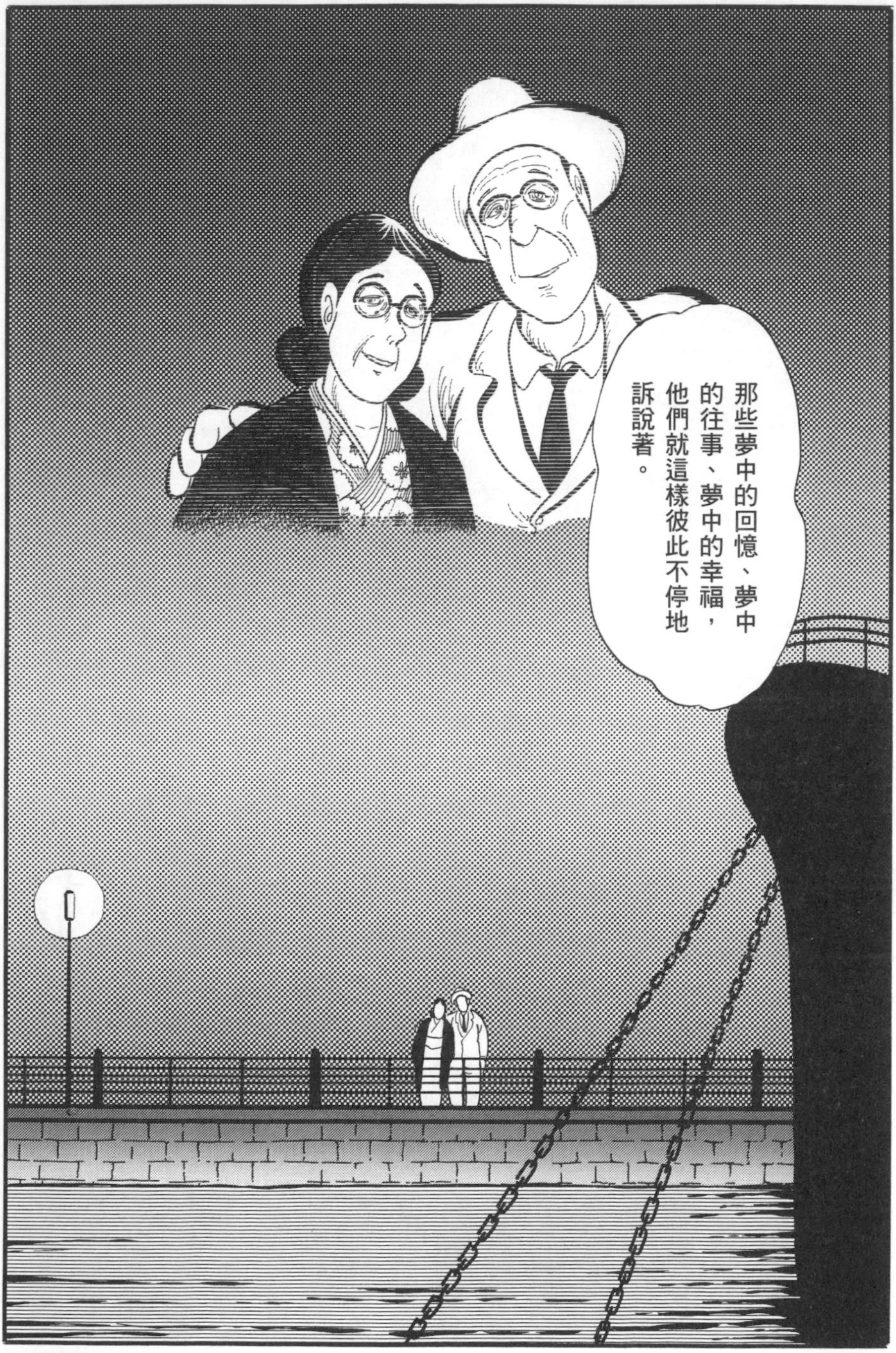
那些夢中的回憶、夢中的往事、夢中的幸福，他們就這樣彼此不停地訴說著。

〔老夫婦〕終

第三夜　　吸血鬼

歡迎光臨。

噢，
是你啊……
東西好了喔。
來，
就是這個。

給錢吧……
這些不夠啊。
另一半呢？
祝你平安歸來……
派上用場的話，我再來付清。

我也一起過去。
不行。
妳在這裡待著。
我一定會幫妳姊姊報仇。
不是的，和那比起來……
我更擔心……您的安危。
要是一個小時後我沒回來，妳就回去吧。
沒問題吧？聽話。

您好。
是你啊……

您要去旅行嗎？
我打算環遊歐洲，
可能暫時不會回來日本。
這裡有太多悲傷回憶了。
一定很多吧？
……
我辭退了所有傭人，
無法好好招待你。
我很快就會離開。

哎呀，您忘記把這收進行李了嗎？
是夫人的照片呢。
真是美麗的女性。

不但個性開朗、健康，
全身上下更是閃耀著知性美。
但好景不常……她就像玫瑰凋落似的，
逐漸變得憔悴消瘦，枯萎而逝。
她真是太可憐了。
就連醫生也無能為力。
我們只在這棟宅邸一起生活了幾個月而已……
實在是令人悲傷的回憶。

說起來，這裡也變得完全不一樣了。
以前外頭是座美麗的庭院，
不但樹木茂密、土壤肥沃，四處盈滿青翠欲滴的草葉。
我來拜訪時，經常看見夫人在澆水。

進到屋裡時，夫人也總是用那雙白皙纖細的手為我倒茶。
我知道你經常來拜訪她。
不過，已經夠了。人都死了。
我只想讓回憶保留在最美好的時光。

您的夫人委託我進行調查。
調查什麼？
就是您。
……為什麼您討厭鏡子？
又為什麼只在晚上外出？白天時除了陰天和下雨之外，絕不踏出家門一步？
您不和夫人共枕而眠，而是在地下室獨自休息，又是基於什麼理由？
為什麼您幾乎不用餐？
為什麼沒收夫人的十字架？

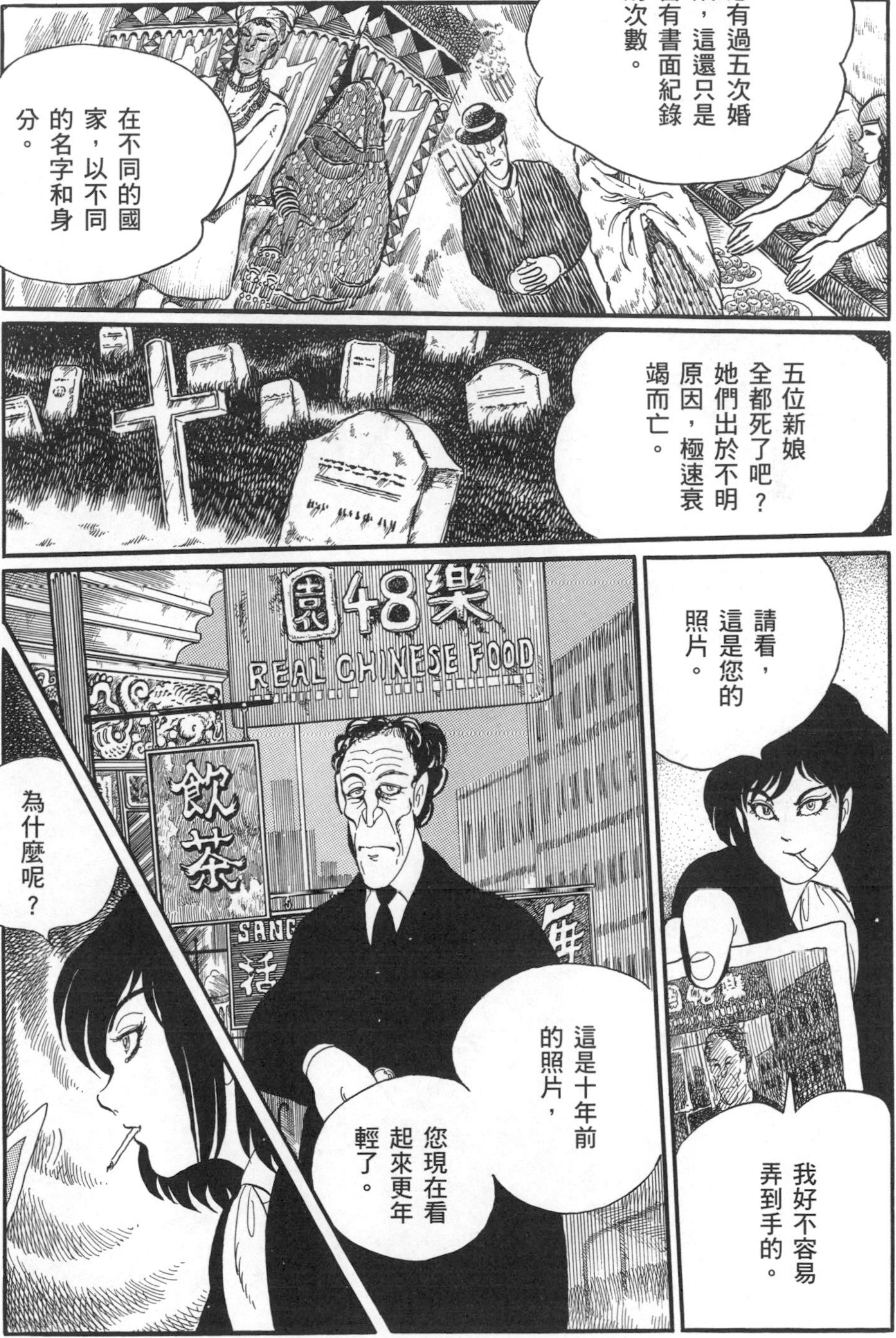
您有過五次婚姻，這還只是留有書面紀錄的次數。
在不同的國家，以不同的名字和身分。
五位新娘全都死了吧？她們出於不明原因，極速衰竭而亡。
REAL CHINESE FOOD
飲茶
請看，這是您的照片。
我好不容易弄到手的。
為什麼呢？
這是十年前的照片，
您現在看起來更年輕了。

你……
是想說我是吸血鬼嗎？
不是吧？
那不是您的名字。
該怎麼稱呼您這種人才好呢……吸精鬼？不對……或許只要叫「吸取者」就夠了。
這世界上就是有您這種人。
吸取他人的活力，
攝取他人的悲傷和苦痛，將一切不幸化為糧食餵養自己，然後得以永遠存活。

您的分身存在於世界各地，無論在日本或是歐洲。
當世界被苦痛和悲傷等不幸包圍之時，您和同夥就堂而皇之地展開活動。
他人的死亡是您的糧食，巨大的能量傾瀉而出……時代讓您得以重新活躍。
夢幻老弟，
我的車子差不多要來接我了。
就和我握個手當做餞別吧。

ギュ
嗤
哼……哼哼……
哼哈哈……
哈哈哈哈哈!
喝!

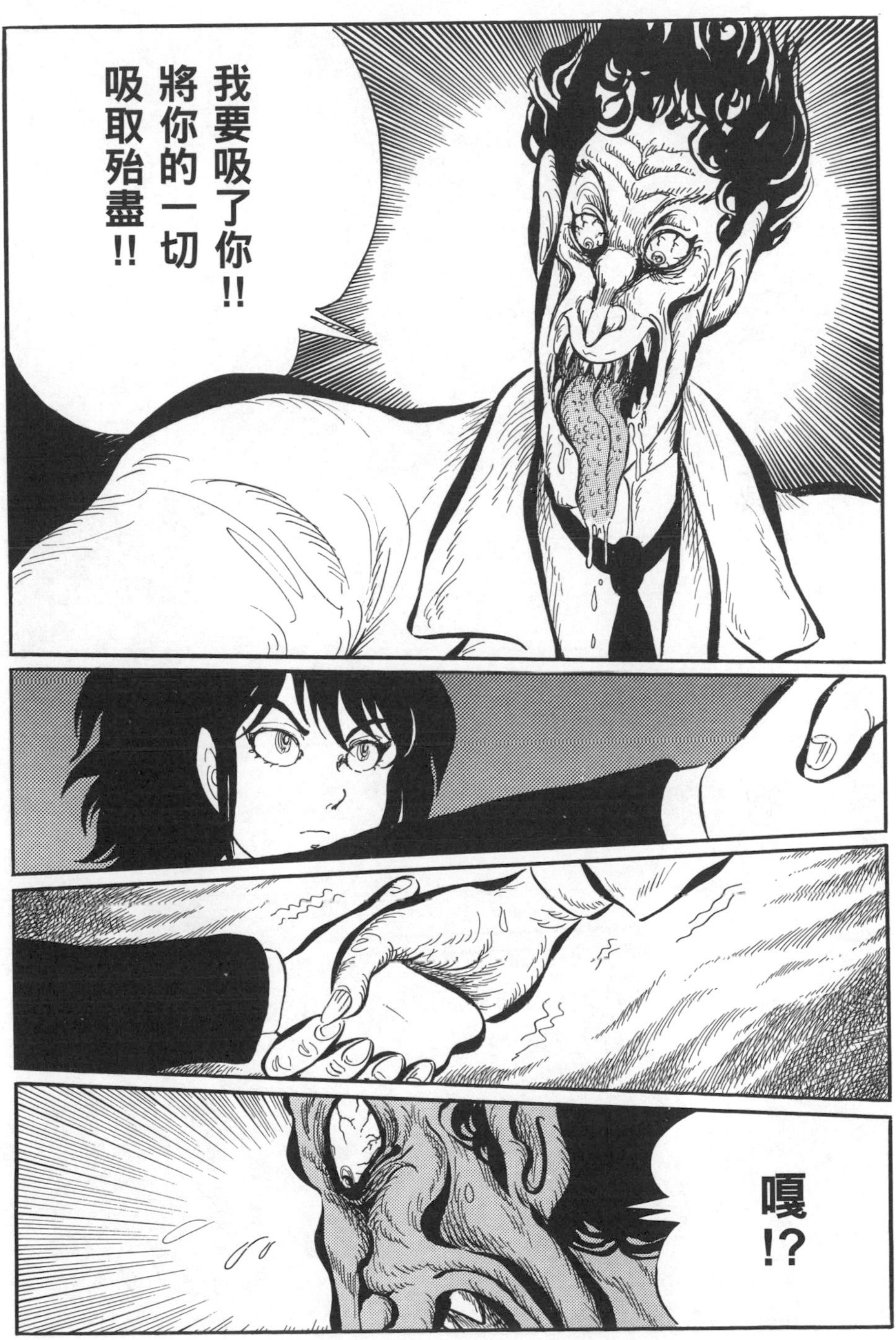
我要吸了你!!
將你的一切
吸取殆盡!!
嘎!?

嘎啊啊啊啊啊!!
啪沙!

ズッ
唰！

……您平安回來了！
……這是妳的姊姊。
！
!?

……!!
抱歉。
因為妳和妳姊姊長得太相像了。
!
啊!!
您……您真是太過分了!

〔吸血鬼〕終

第四夜　　沼澤

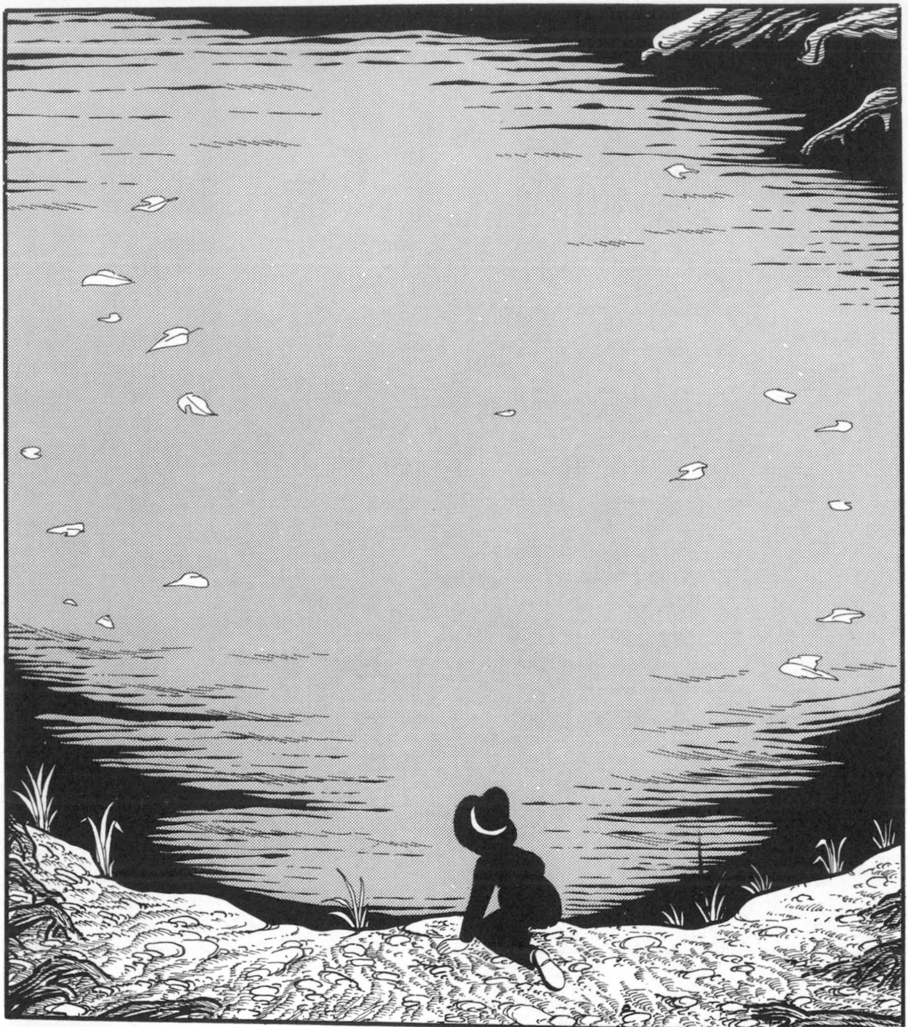
コポコポコポ
咕嘟咕嘟咕嘟

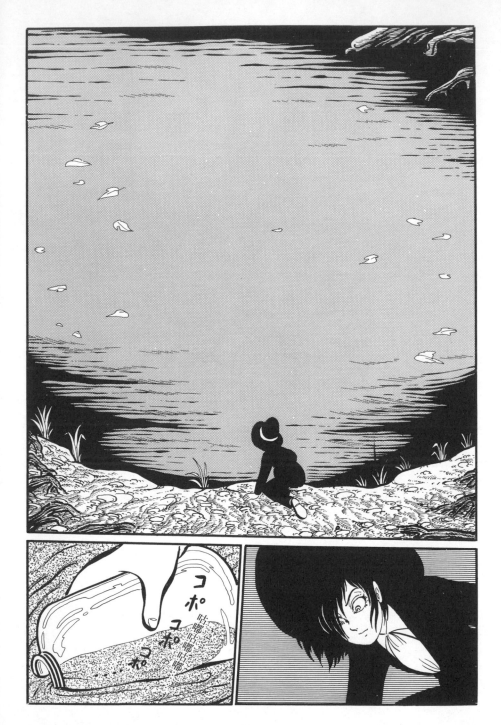

……你在
……做什麼？
……

我在取沼澤的水……有人拜託我的。
這樣啊……
噗通！

噢，是客人呀。
麒麟啤酒
太好了，您平安回來了。
「平安回來了」？什麼意思？

我聽說客人您往「黑沼」的方向去了。
是啊。
那裡有很多人自殺呢。
雖然水面很清澈，但沼底相當軟爛，如果不小心陷進去，可就爬不上來了。
真是的，明明尋死的話，其他地方更好吧。怎麼會有人想死在那種不舒服的地方……
我只是想說，客人該不會也……
原來如此。住宿費我在來時就已經付清，
現在事情也辦妥，我告辭了。

呼咻！
呼咻！
呼咻！
咯噔！
咯噔！
叩隆！

真的很抱歉……
讓你做這種小孩子跑腿的差事。
那麼，那個呢？
我帶回來了，在這裡。
啊，太感謝了！快點給我。
你說好要告訴我理由的。
嗯……等我一下。
キュキュッ！
唰！
……

咕嘟咕嘟咕嘟!
咕嘟咕嘟!
呼……
抱歉……你也要來一杯嗎？
啊，不是，不是這個。我是說喝酒。

不用了。快告訴我理由吧。
嗯……
那是半年前的事了。
我長久以來的憂鬱症惡化，於是前往那座溫泉地靜養。
然而憂鬱症卻益加嚴重。
我越來越無法忍受，下定決心尋死。
我在旅館留下遺書，決定前往那個沼澤。

人類的內心真是不可思議啊。想到自己接下來就要死了……
平時看來只會感到噁心的黑色沼澤——
彷彿變成了蓬鬆柔軟的棉花床鋪，讓我安心入眠，終結自己悲慘的人生（……當時我是這麼想的）。
我毫不猶豫地步入沼澤，沼底黏膩而柔軟。
我走了幾步後，雙腳陷進土中。
我的頭沒入水裡，濃稠的沼水淹入我的鼻子和嘴巴，
……就在這時候!!

恐懼突然佔據了我的內心!!
我不想死!!我不想死!!
好可怕!!我太衝動了!!
我還不想死啊!!
我不停掙扎，萬分痛苦。
就在我揮舞雙手時，碰觸到了類似樹根的東西，我死命地抓著它。

幾分鐘後，我終於爬上了岸。
我喝下了大量泥水，不停嘔吐。
接著我就回了旅館。
浸泡在溫泉中，身體變得暖和的同時，想死的念頭也一掃而空。
我撕碎遺書，回到東京，縱情玩樂。

註：美國汽車品牌，於一八九九年創立。

然而在幾天後……
事情的發展開始有些詭異。
我在半夜突然覺得很渴。
無論是喝水或灌酒，都無法止渴。
BOTTLED IN SCOTLAND
LAIRD O
LOGAN
100% SCOTCH WHISKY
我想喝!!
我想喝!!
……可是，要喝什麼？
……你聽到這裡也明白了吧。
是啊，我也知道這很不正常。
但是……我真的很想、很想喝那沼澤的水，渴望到近乎發狂。

為什麼？我不知道。
連我自己也不明白。
我是不是已經瘋了？那種混著爛泥的水……那可是讓我差點沒命的沼澤啊！我竟然會如此地渴望再嘗一次!!
最初幾天我還能堅持理性，壓抑著內心的慾望。
但是，我越來越無法忍耐了!!
什麼都可以！
我只想喝那沼澤的水！
但是，那裡畢竟是自己差點送命的地方，我實在沒有勇氣前往。
所以才拜託了你。我要向你道謝。

你都說完了嗎？
沒錯。
你似乎還有些事沒告訴我。
沒有啊。
為什麼這麼說？
你之所以不願接近那座沼澤的理由。
你……難道不是殉情嗎？
另一個女人死了吧？
哈哈!!怎麼可能……
那種事你是聽誰說的？
我只是這麼覺得。

總之，多謝你了。
雖然只是聊表心意，這禮金……
唔噢!?
!?
唔哇哇哇哇哇!!
嘔!!
噗!!

咻
啵!!
!!
劈哩
劈哩
劈哩!!

唰!!
どろ～!!

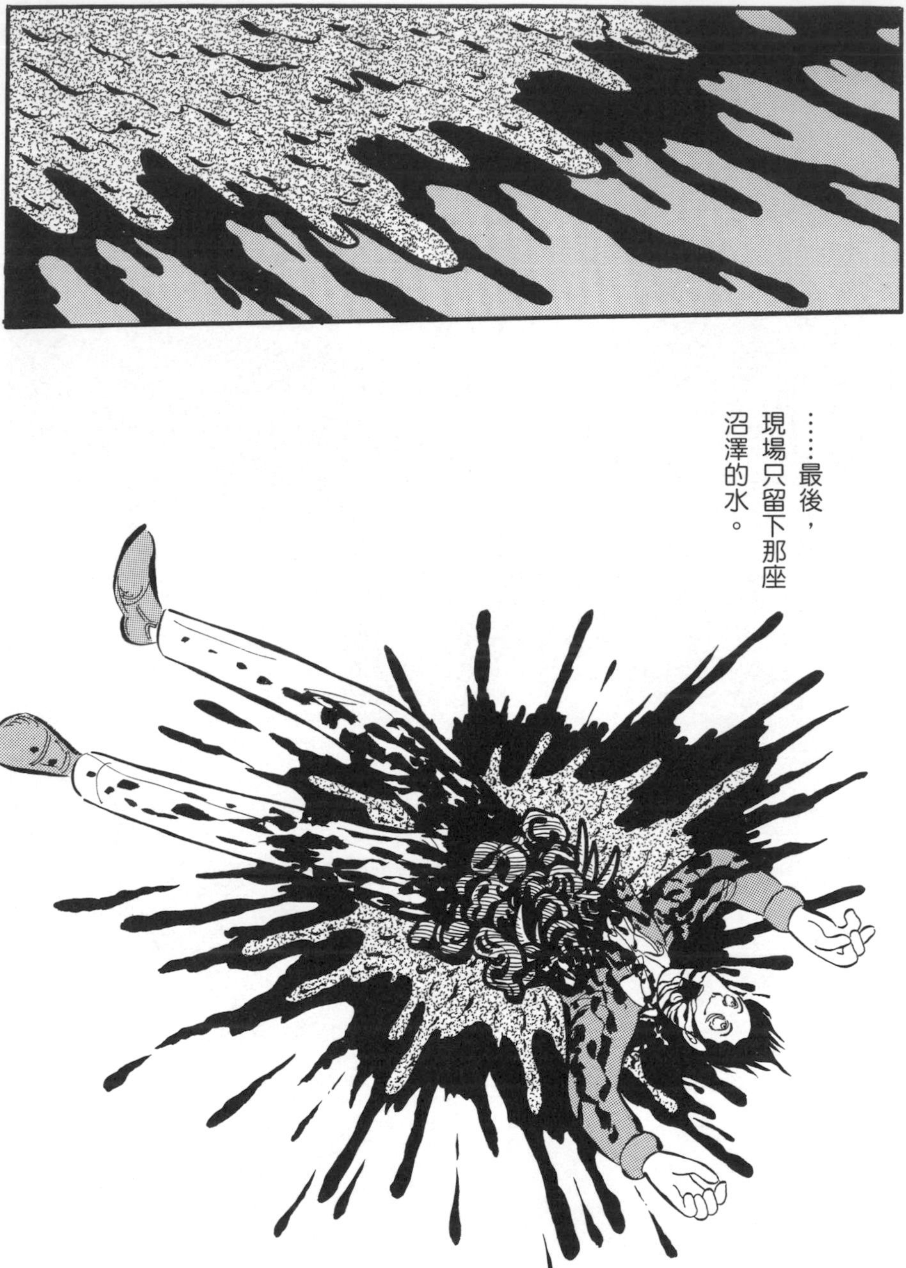

〔沼澤〕終

第五夜　　幽靈夫人

!!
コトン

夫人。
您已經在幾年前過世了吧。

噢，抱歉，讓你久等了。
老爺和客人，請用茶。
你那是什麼表情？
什麼？阿婆，茶水已經在桌上了呀。
咦？
哈哈哈……原來如此。沒想到這麼快就出現了。
哎呀，我就想你應該看得見，才找你過來。

是從什麼時候開始的？夫人的……
幽靈？
……從什麼時候開始出現的？
嗯，大概是今年年初的時候吧。
我一開始也嚇到了。
她對人世間還有什麼留念嗎？還是說，她想對我訴說什麼恨意嗎？
看起來並非如此。
是啊，她相當地迷戀我，可能只是想待在我身邊吧。
雖然我很感激，
但因此無法成佛也很可憐哪。
我也試著找和尚來過，但依舊沒能解決。
如果她本人沒這個意願，似乎也沒辦法呢。
這樣啊，就算是你也沒辦法嗎？
如果楠本前輩希望我處理的話，我是可以幫忙。

嗯，不了。我有其他事要拜託你。
其實我因為工作的關係，必須前往上海。
大概一年，也說不定兩、三年內都不會回來。
我想請你幫個忙。
你願意每個禮拜來一趟我家，陪我太太聊天嗎？
……說是這樣說，但她也無法開口就是了。
因為她看起來只會現身在這棟房子和這附近的樣子。
我不在家的這段期間，她可能會很寂寞。
這種事我只能拜託你了。
沒錯，這麼說也是。
不過，你不打算將這房子租出去嗎？
長時間沒人在家的話，不會很危險嗎？

這屋子沒什麼值錢的東西，就算遭小偷也無所謂。
還是說你乾脆住下來吧？這樣我也不用讓阿婆放假，繼續留她在這裡工作。當然，我不會收你房租。
我心領了。就算是幽靈，我也不打算和有夫之婦住在一個屋簷下。
那就說定啦，我給你鑰匙。
抱歉這麼匆忙，但老實說，我下午還和人約了見面。
那我先失陪了。
我送你一程吧。

幾天後，
楠本啟程了。

夫人，午安。
——我每個星期會造訪楠本家一、兩次。（雖說是幽靈，畢竟還是女性，每次見面時夫人都穿著不同的和服。）
雖然她不曾開口，但總是一臉開心地聽我說話。

有時我帶雜誌或報紙來訪，她都會格外欣喜。
朝日畫報(註)
我們會一起整理庭院，也會摘些花花草草。
我離開的時候，她會佇立在長長的石階上，對我揮手。（那裡似乎是她能現身的界線。）

註：朝日新聞社自一九二三年起發行的週刊畫報。

起初夫人總是露出笑容迎接我，但經過了半年左右，她的表情時而會蒙上一層陰影。
楠本從未寄信回來，想必她是為此感到不安吧？
這時候，我突然收到了楠本的來信。
「……其實我已和一起從日本前往上海的女性結婚了。我身為長子，膝下也沒有孩子，親戚都催促著我。而且妻子實際上已經過世，我並未做出不義之事。」

「雖然感到抱歉，可以請你幫忙想些好說詞，說服**她**忘了我、安心成佛嗎？」
哎，我本來就覺得他是個自我中心的傢伙，看來他一開始就計劃好了。
真是蹚入一灘渾水了。

……隔週，
我心裡祈禱著夫人不再
出現，再度造訪宅邸。
夫人，
怎麼了嗎？

您要去哪裡？
ス・・・
咻……
!!

夫人，請您不要做這種蠢事，
您可能是想報復丈夫吧？但我是不會被您利用的。
要是您又做出相同的事，我就不再過來了。
砰！

……雖說如此，我還是有些掛念夫人，再加上和楠本有約在前。
之後每次拜訪時，夫人都對我投以纏綿的眼光，緊握住我的手。我對此沉默不語。

哎呀！不好意思！我讀了你的信後，就安排時間回來了一趟。
咦？不不，我就住在這飯店，我讓我太太留在那邊了。
我不打算回那個家。
為什麼？總之我這裡是無能為力了。
你不去和夫人見個面，請她諒解嗎？

嗯，造成你的困擾我真的覺得很抱歉。
但是啊……
如何？你可以……
雖然真的很麻煩你，但我一定會好好報答你的。
你可以試著和她……呃……共度一晚看看嗎？
胡說什麼!!你是認真的嗎？
不是啦，該怎麼說……我想她說不定能因此滿足，然後安心成佛。
而且啊，你們已經相處了將近一年，她說不定也對你起了愛慕之心……我是這樣想的。

……你該不會一開始就打定這主意了吧？
咦？哈哈……怎麼可能……沒這回事。
不過，反正身為丈夫的我都同意了，睡別人的老婆不也是一種情趣嗎？
而且還是和幽靈呢，哈哈哈……
啪！
!!

……
什麼嘛，我真是為夫人感到可悲。

夫人，晚安。
!!

——從那之後，夫人的幽靈似乎就不再出現了。

〔幽靈夫人〕終

第六夜　　人頭宅邸

35

ボッ！
啵！
！

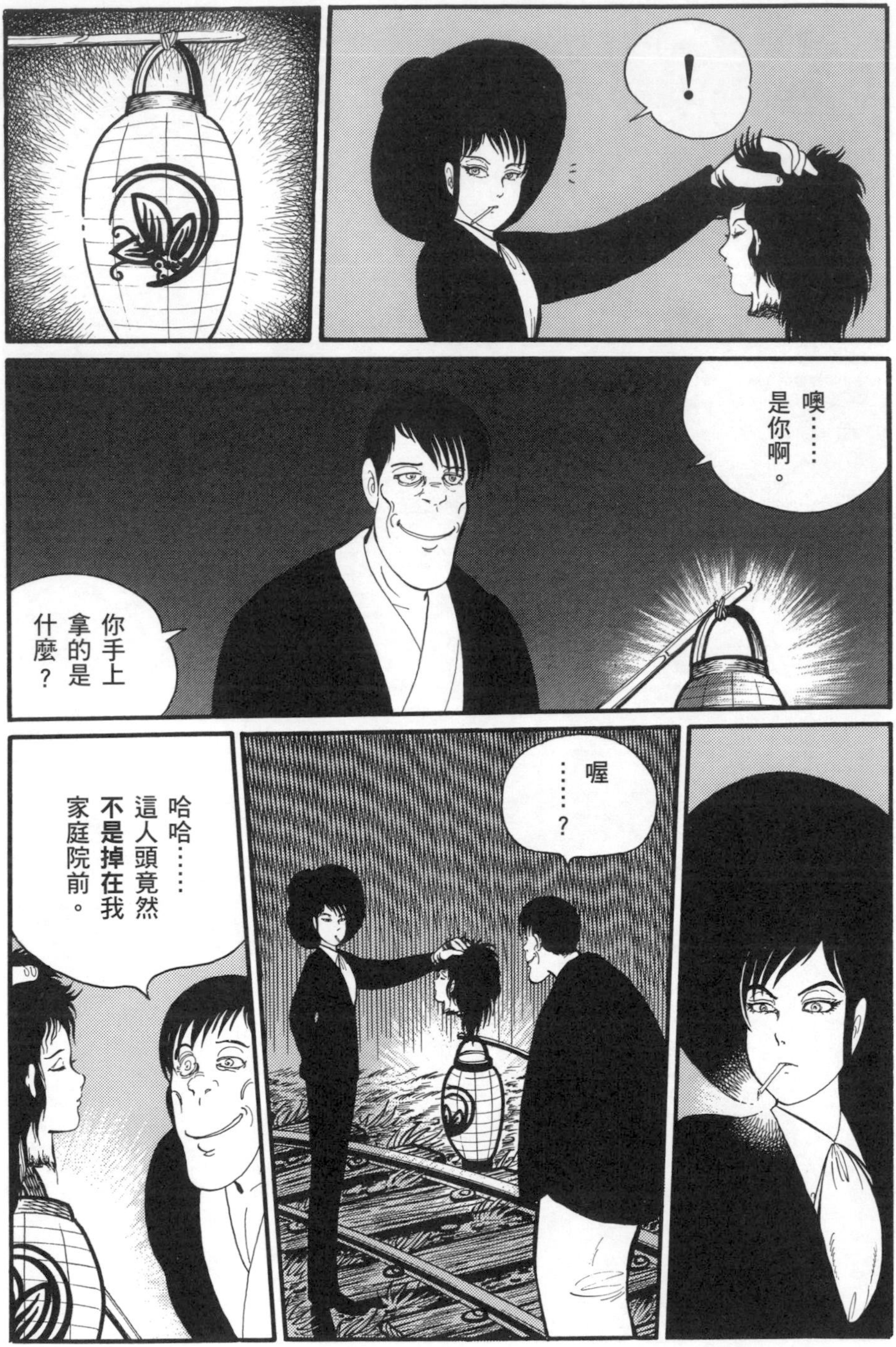
!
噢……是你啊。
你手上拿的是什麼？
喔……？
哈哈……這人頭竟然不是掉在我家庭院前。

如何？要不要來我家坐坐。
我們很久沒見了，來小酌一杯吧。
我家就在那邊。
喂，我回來啦。
歡迎回來。

今天有客人，快端酒來。
還有……
又有人頭了。
難得這次不是掉在我們家庭院。
看在這麼難得的分上，為祂上一炷香吧。
警察明天早上就會來領回去了。
是的。

這裡是蓋在鐵路旁的租屋，房租便宜是便宜，
但經常會撞見有人跳軌自殺。
被火車輾過的屍體四散各處。
可是啊，輾斷的人頭一定都會飛過來……
掉在我家庭院裡。
哎，這也沒什麼。不過……聽說這一帶在江戶時代是刑場呢，嘿嘿嘿……
ス…
欸……
因為太常發生這樣的事情，我和老婆早就習以為常了。

每次只要鐵路人員找不到屍體的頭，就知道要來我家。
他們還把這裡取名為「人頭宅邸」呢。
雖然我家並不是宅邸這種高級的房子。
喔，酒來了。來乾杯吧。
我現在就去準備菜餚……
去吧。
ス……
欸……
……喂。

你不覺得……
我老婆有點奇怪嗎？
會嗎？我不覺得。
她其實已經死了。
喔？
一個月前，
她外出買東西回來的時候，
似乎為了抄近路而穿越鐵軌。

然後就被火車輾斃了。
……
我也嚇傻了。
我本來以為只是像往常一樣，又有人頭掉到院子，
沒想到竟然是我老婆。
但是，那顆人頭莫名就消失了。
過沒多久，我老婆她……（脖子上好端端地接著人頭）
彷彿什麼事都沒發生過似地回來了。

我假裝什麼都不知道。
直到某天，我看見了……
她洗澡的時候……
竟然取下自己的頭來洗頭髮。
呵呵呵……明明已經死了，卻還在老公面前裝成活著的模樣。
真是奇怪的女人啊。
嘻嘻嘻嘻嘻……

ス…
簌……
久等了。
抱歉，我去個廁所。
ス…
簌……
不好意思……
我丈夫是不是說了些奇怪的話？
沒有。
他是不是告訴你，我其實已經死了，這類的事……
不知道。

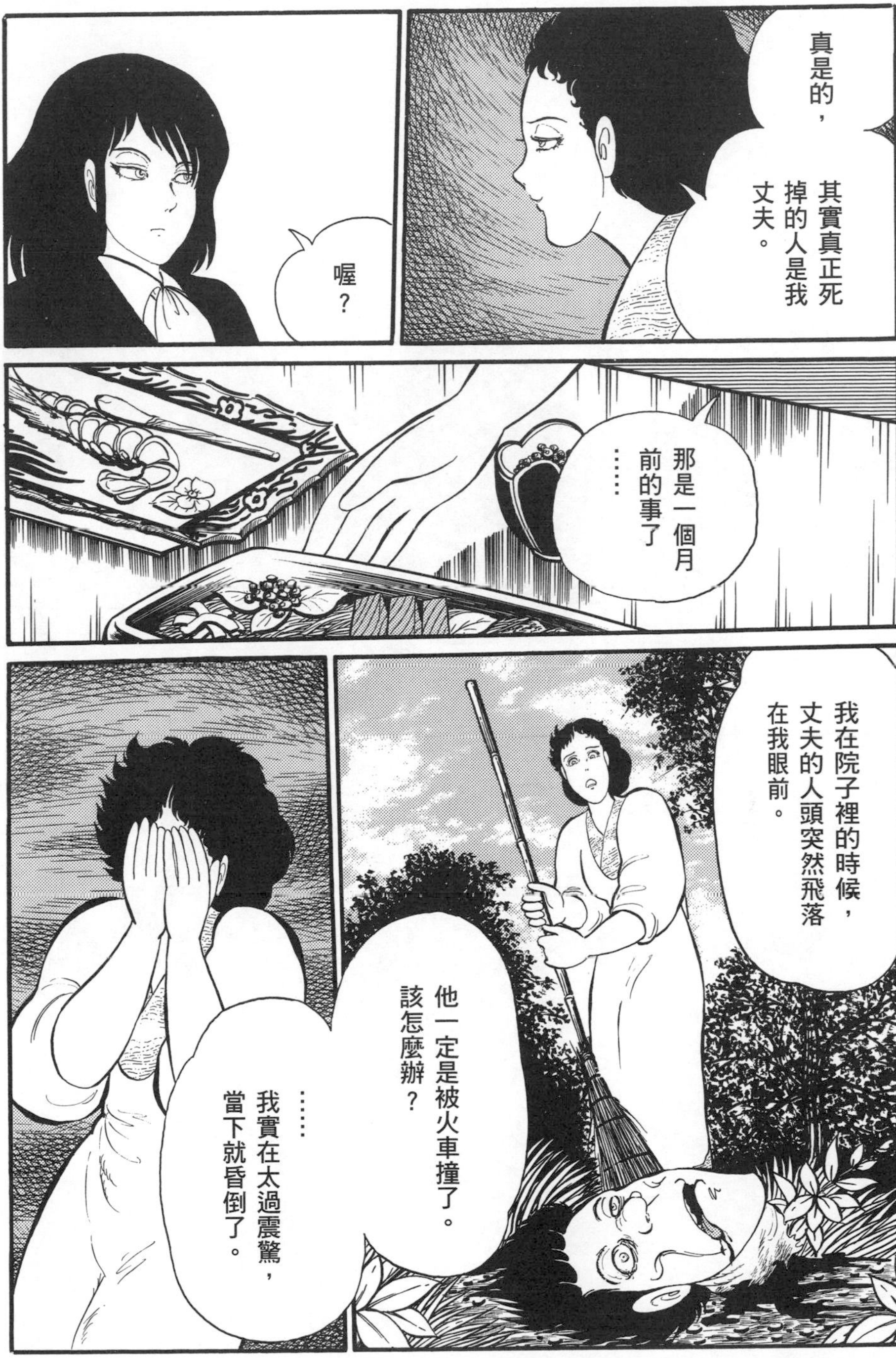
真是的，
其實真正死掉的人是我丈夫。
喔？
那是一個月前的事了……
我在院子裡的時候，丈夫的人頭突然飛落在我眼前。
他一定是被火車撞了。該怎麼辦？
……我實在太過震驚，當下就昏倒了。

但是啊，
當我睜開眼睛的時候，丈夫竟然人就在我身旁，臉上露出微笑。
太好了，只是一場夢，是我的幻覺。我內心這麼想著。
但是呢，我都看見了。
那之後，過了不久……
我在書房撞見丈夫將頭抱在腋下看書。

呵呵呵……
明明自己才是死人，卻還把人家說成是妖怪。
實在是太好笑了……嘻嘻嘻嘻嘻……
喀啦!!
臭女人，我都聽到了!!
老公!!
妳竟膽敢把一家之主說成是死人！
死的明明是妳!!

現出原形吧!!妳這妖怪!!
ガチャ
鏘!
唰!
咻!

ゴロゴロ
叩嘍叩嘍！
ニタッ
呵！
唔～～～!!
喂！你也是妖怪的同夥吧！
你肯定是來誘騙我的！我沒說錯吧!!

快點現出原形吧!!
唰!
咻!
謝謝招待。我先失陪了。
我的頭和身體感情很好，一點也不想分開呢。
慢著!!

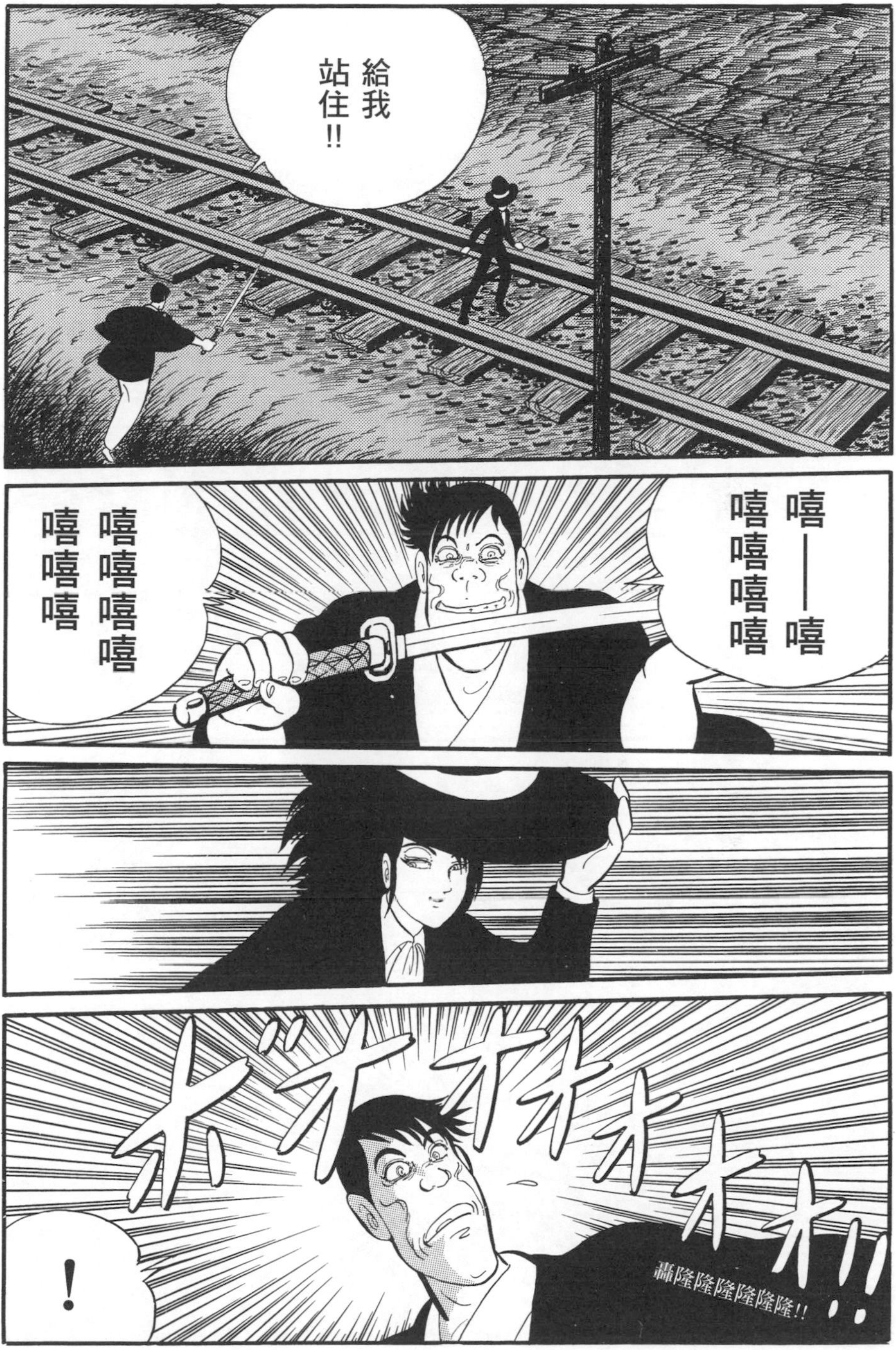
給我站住!!
嘻——嘻嘻嘻嘻嘻
嘻嘻嘻嘻嘻嘻嘻
ボオオオオオ!!
轟隆隆隆隆隆!!
!

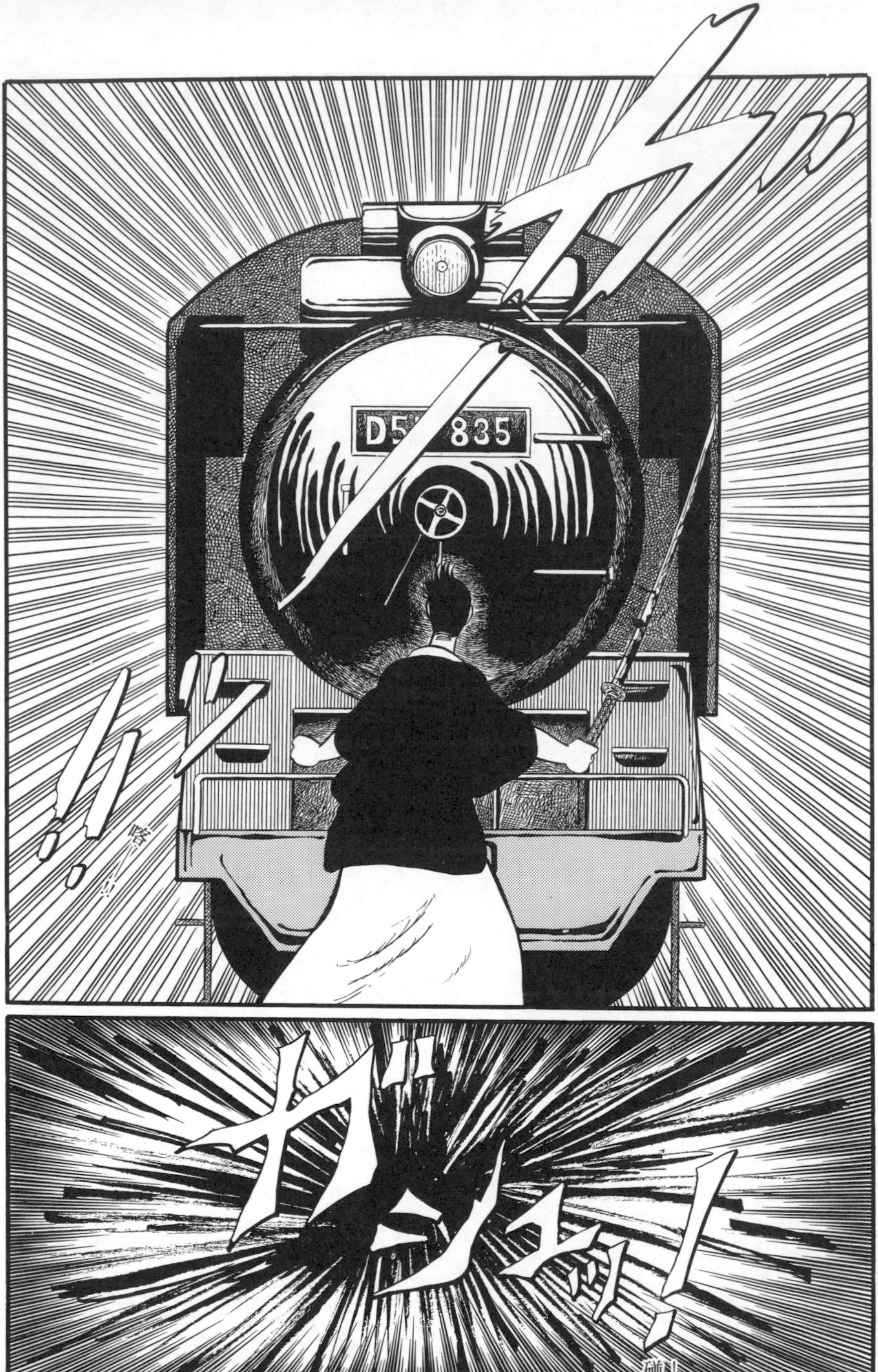
喀—!!
ガシャッ!
碰!

ドサッ
咚！
ぽーーん！
咻──！
ゴォオン
轟隆隆──!!
ゴトン ゴトン
叩隆叩隆！叩隆叩隆…
哎呀呀。

今晚
真是熱鬧。

喂，想起來了嗎？
你一個月前就死了，和你太太一起。
啊啊……是這樣嗎？
你們在這裡被剛才的火車輾斃了。真正的火車根本不會在這個時間行駛。
來吧，我送你回家。你太太很擔心你呢。
嗯……抱歉啊。

〔人頭宅邸〕終

第七夜　針女

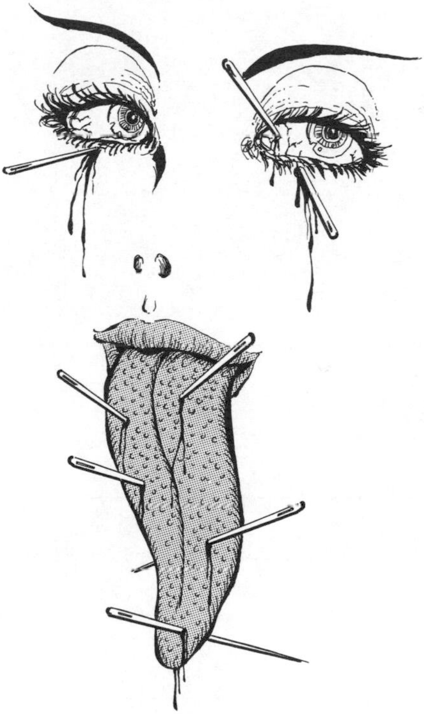

!
請問……

您要去車站嗎？要是不介意的話，可否讓我同行呢？
為什麼妳覺得我要去車站？
……我有這個預感。
因為我在看懷表嗎？最後一班車已經開走嘍。
車站附近有旅社。
……這一帶到了夜晚就變得很幽靜。
女人家獨自走在路上很危險……

我就不可怕嗎？
妳不怕我轉眼間就變成盜賊或是壞人嗎？
呵呵……討厭，您很喜歡嚇唬女人家吧。
為了回敬您，我也嚇一嚇您吧。
怎麼個嚇法？
這一帶啊……會出現喔。
出現這個。
這樣啊。
您瞧，那邊有一棟洋房吧？

註：薩德侯爵（一七四〇－一八一四），法國貴族、作家、哲學家，作品中有大量性虐待描述，其名字也是英文虐待狂（Sadim）一詞的由來。

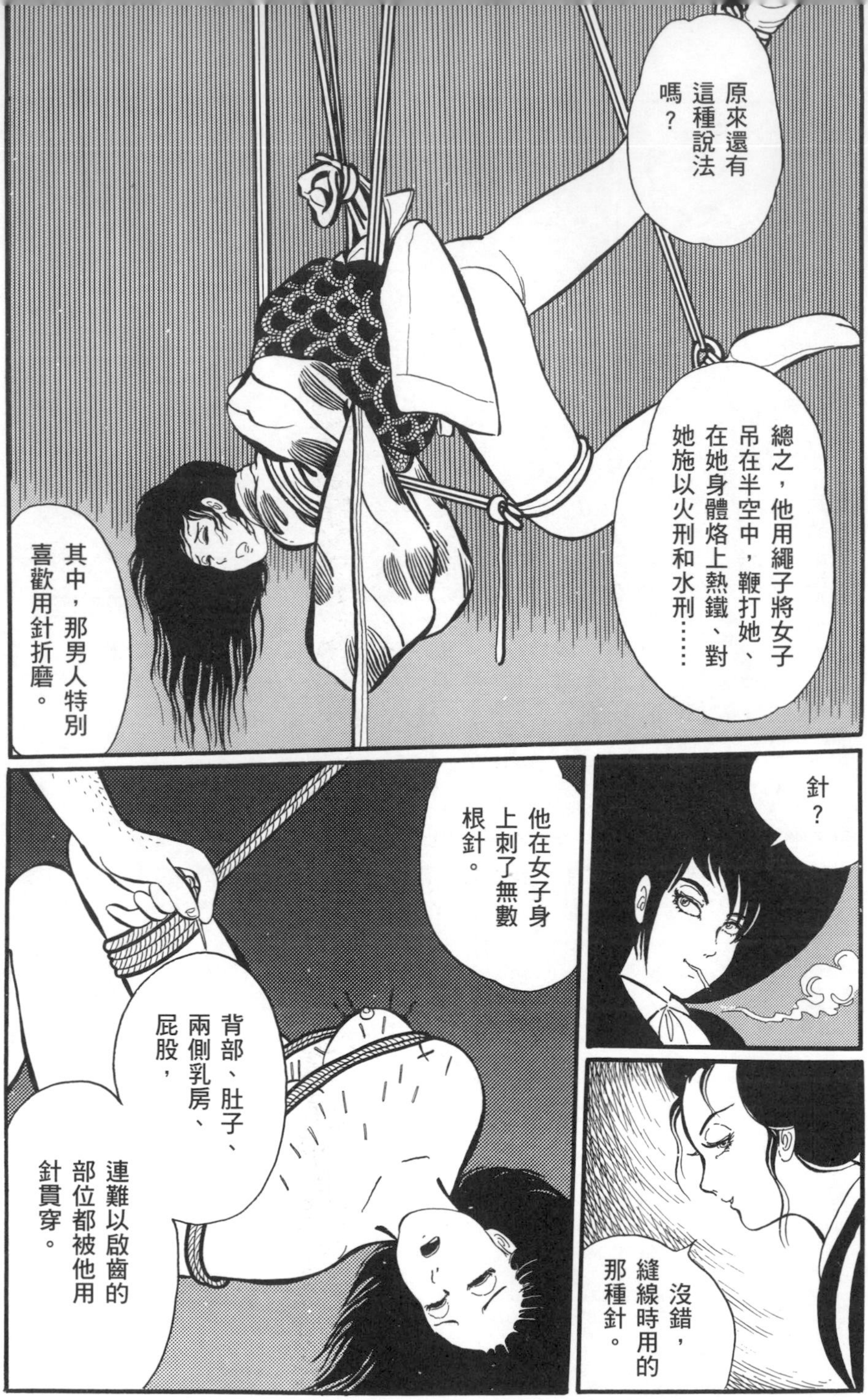

原來還有這種說法嗎？
總之，他用繩子將女子吊在半空中，鞭打她、在她身體烙上熱鐵、對她施以火刑和水刑……
其中，那男人特別喜歡用針折磨。
針？
他在女子身上刺了無數根針。
沒錯，縫線時用的那種針。
背部、肚子、兩側乳房、屁股，
連難以啟齒的部位都被他用針貫穿。

到了後來，他甚至將針刺在眼睛、舌頭、指甲這些部位的接縫處——
最後還硬是拉開女子的嘴巴，讓她吞下數十根針。
女子受盡折磨，幾天後便不支斷氣了。
當警察踏進洋房時，男人早已不知去向。
為什麼遭遇了如此殘忍的對待，女子卻不逃走呢？其實她有個悲哀的理由。
她在故鄉的母親生了病，每個月必須寄大筆費用給老家。
因此無論遭受到什麼對待，她都毫無怨言，收下男人約好給她的大筆金錢。
真是令人難過的故事，不是嗎？
所以妳說的幽靈就是……
沒有錯。

起初是空無一人的洋房，偶爾卻會從窗口流瀉出燈光，映照出女子的身影，
或是半夜會傳來哭泣聲。
經過一段時間，女子的幽靈就開始出現了。
滿是鮮血、彷彿刺蝟的臉像這樣轉過來……
好痛啊……好痛啊……
幫我拔掉針……幫我拔掉針……
原來如此。
我想起來了，我也聽過這個故事。
不過，我聽說的內容不太一樣。
那兩人確實一起在洋房裡生活。
但男人並不異常，只是個普通人。

不正常的是那名女子……
女子是被虐狂，藉由承受痛苦獲得快感。
男人原本配合女子，滿足她的慾望，沒多久便厭煩起來。
於是丟下女子離開了。
被拋棄的女子開始在自己身上插針。
接著吞下數十根針，全身痛苦——雖然實際上對女子來說，那是至高無上的愉悅——而死。
我聽說的大概如此。
咦……
但是，您不覺得奇怪嗎？
如果照您所說，那麼女子為什麼要化為幽靈？她又是怨恨誰呢？
這個嘛……

我認為……
她只是想扮演成可憐的女子吧？
就連死後也不放棄。
為了母親出賣身體的不幸女子，被殘忍的男人凌虐後淒慘死去的可憐女子……
刻意讓大家如此認為，被同情、被可憐，對女子來說，可以獲得比肉體苦痛更多的歡快。
話雖如此……
人都死了還耽溺於這種不堪入目的歡愉……
真是卑賤啊。看來是個本性齷齪的幽靈呢，是吧？
……

你真是……
你真是太討人厭了!!

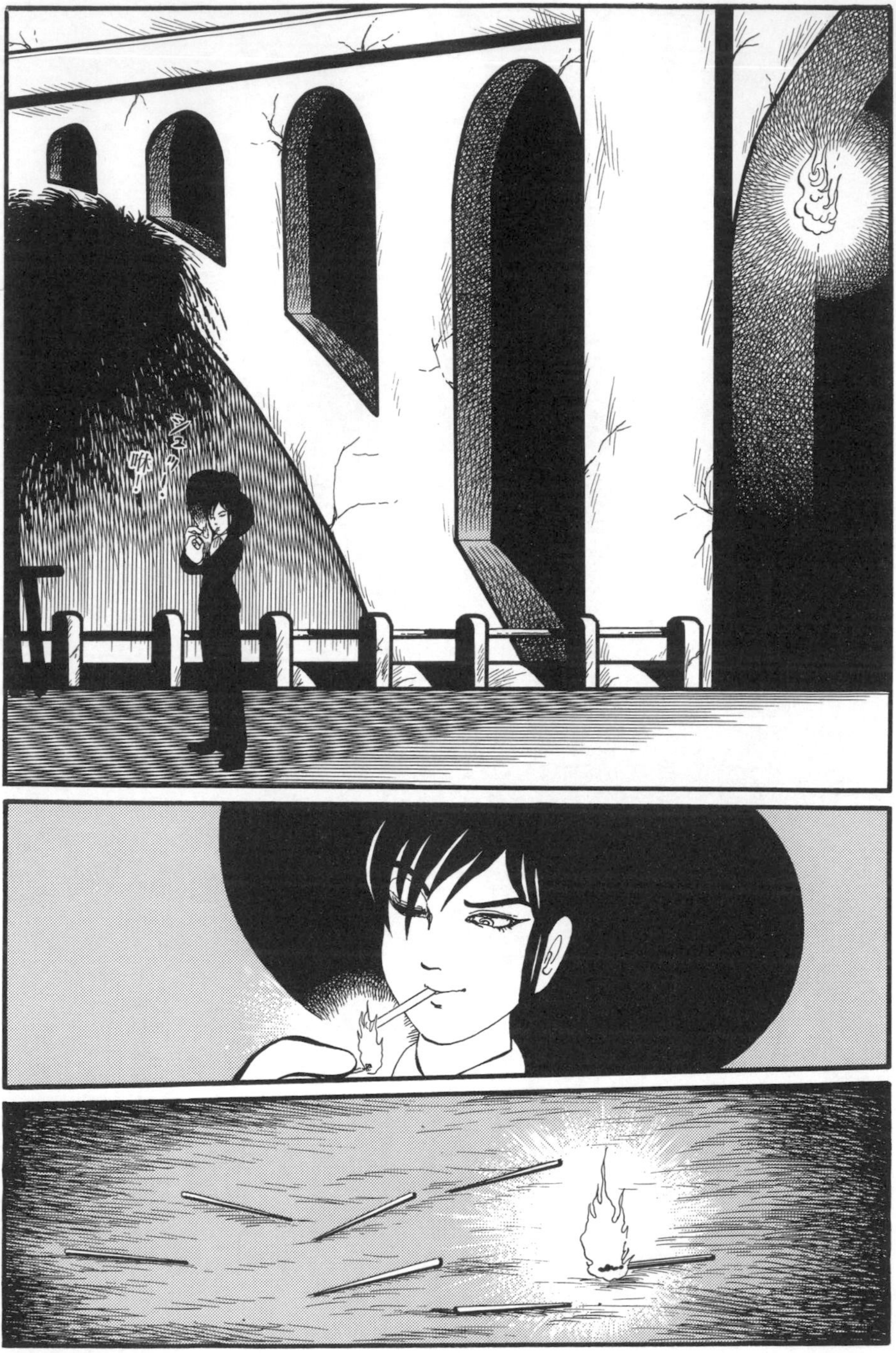

〔針女〕終

第八夜　木精

註：薩奇西隆和保利他民皆爲武田藥品的醫藥商品。

！
你看得見嗎？
是的。
我看得見。你自己知道？
當然。

那不是人類的幽靈。
是木精。
我的興趣是登山和湖溪，上個月也去了一趟Ｋ山。

K山路徑並不複雜，走起來很輕鬆。
然而我卻不知怎麼地，在山裡迷路了。

我馬上就明白她不是人類。
你不害怕嗎？
一點也不。
她指點了我下山的路。

這是件好事，可是她也跟著我一起下山了。
她看起來相當中意你。
似乎如此。

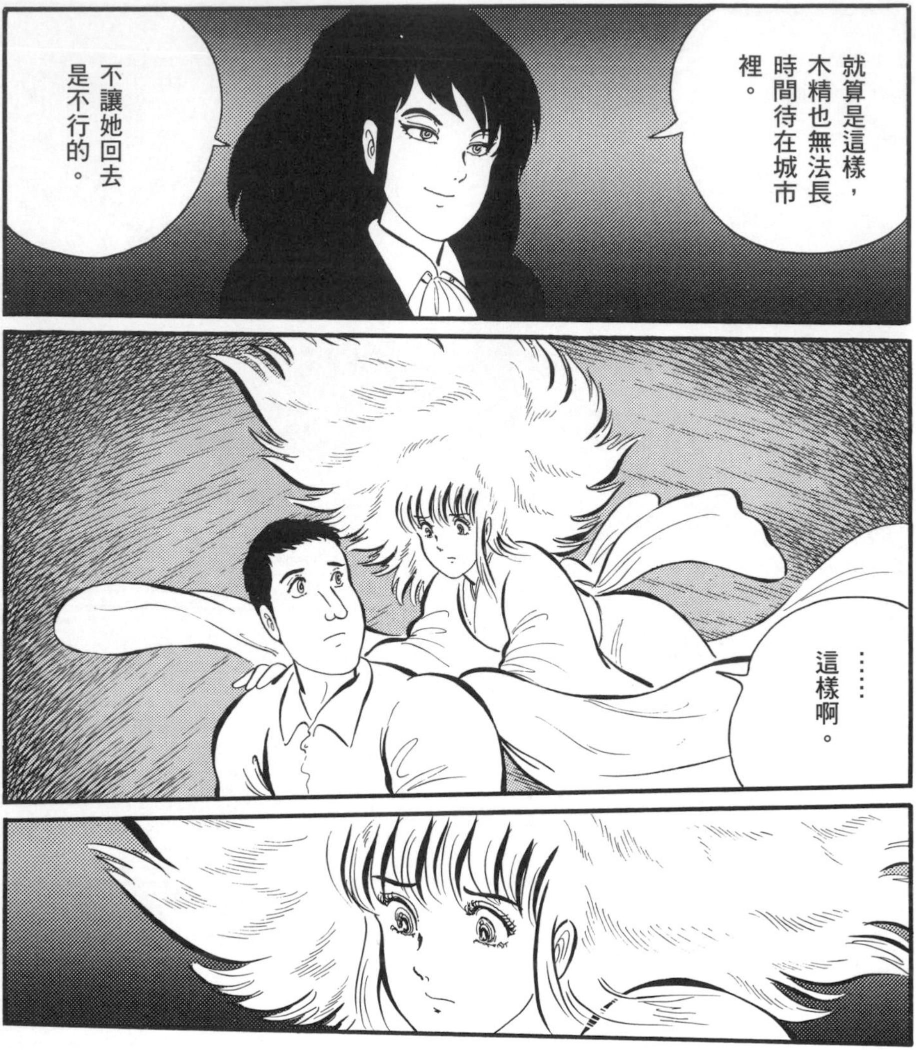
就算是這樣，
木精也無法長
時間待在城市
裡。
不讓她回去
是不行的。
……
這樣啊。

然而，
男人還是
和木精
一起生活了。

我是個不解風情的男人，不習慣和真實的女性相處。
和她在一起，我覺得很放鬆。

既然如此，你還是偶爾帶她回到山裡吧。
不要讓她的精氣枯竭。
好的，就這麼辦。
第三次遇到那男人，也是在川邊。

他笑著說預計放假時上山一趟。
話說回來，今天真的好熱啊。
實在太熱了，整個人好像要燒起來似的。
？
好熱!!好燙啊!!
好燙！
你怎麼了？

轟轟！
哇啊!!
轟隆隆隆!!
哇啊啊啊啊！
!

ゴオオオオオオッ!!
轟隆隆隆隆隆!!

ボオオオウウウ
轟隆隆隆……!
ドボーン!
咚!
ボオオオ……!
轟隆隆隆……!

雖然我落得這種下場，但我一點也不恨她。
你聽我說……
所以你也不要覺得是她害死我。

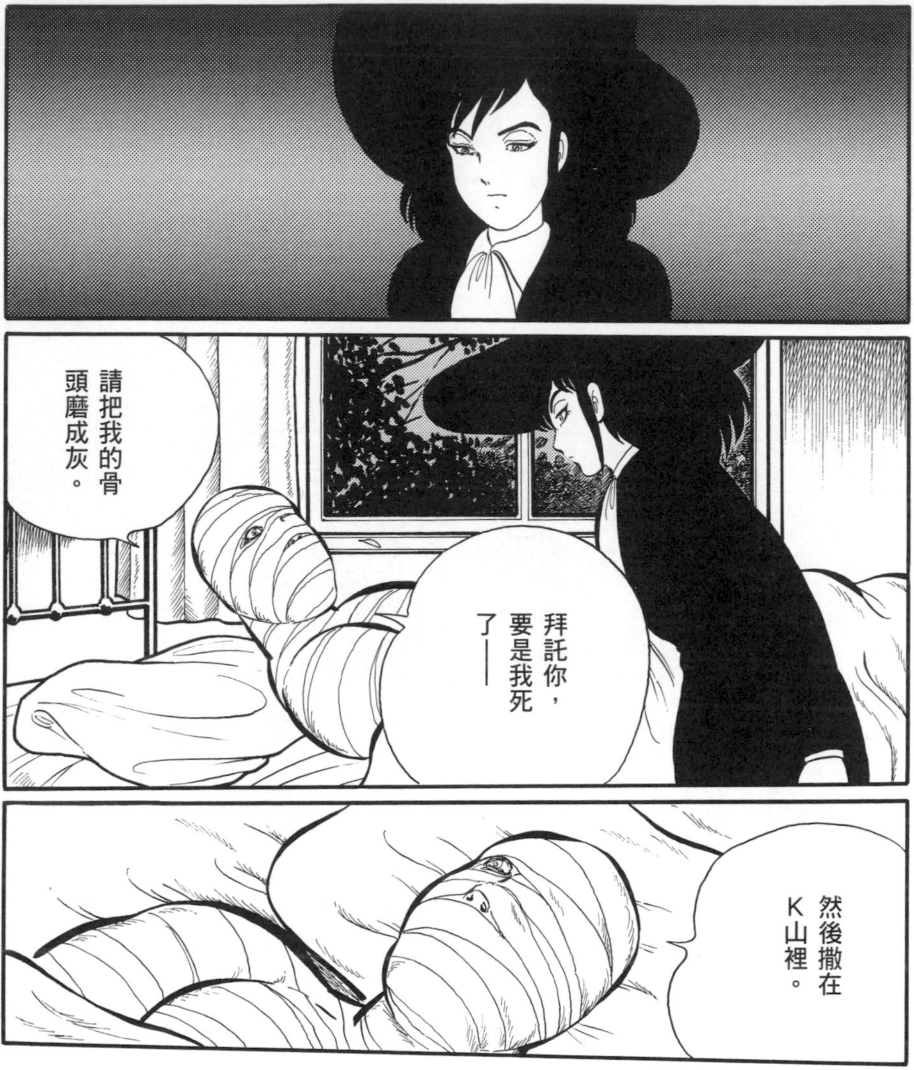
拜託你，要是我死了──
請把我的骨頭磨成灰。
然後撒在K山裡。

男人過世隔天，報紙上有一則短短的K山火災報導。

唰！
男人的骨灰隨著風，
在天空飛揚了一段時間。

木精＝山中樹木的精靈。聽說是人面鬼身的怪物。

〔木精〕終

第九夜　覺

ホオウ……
!

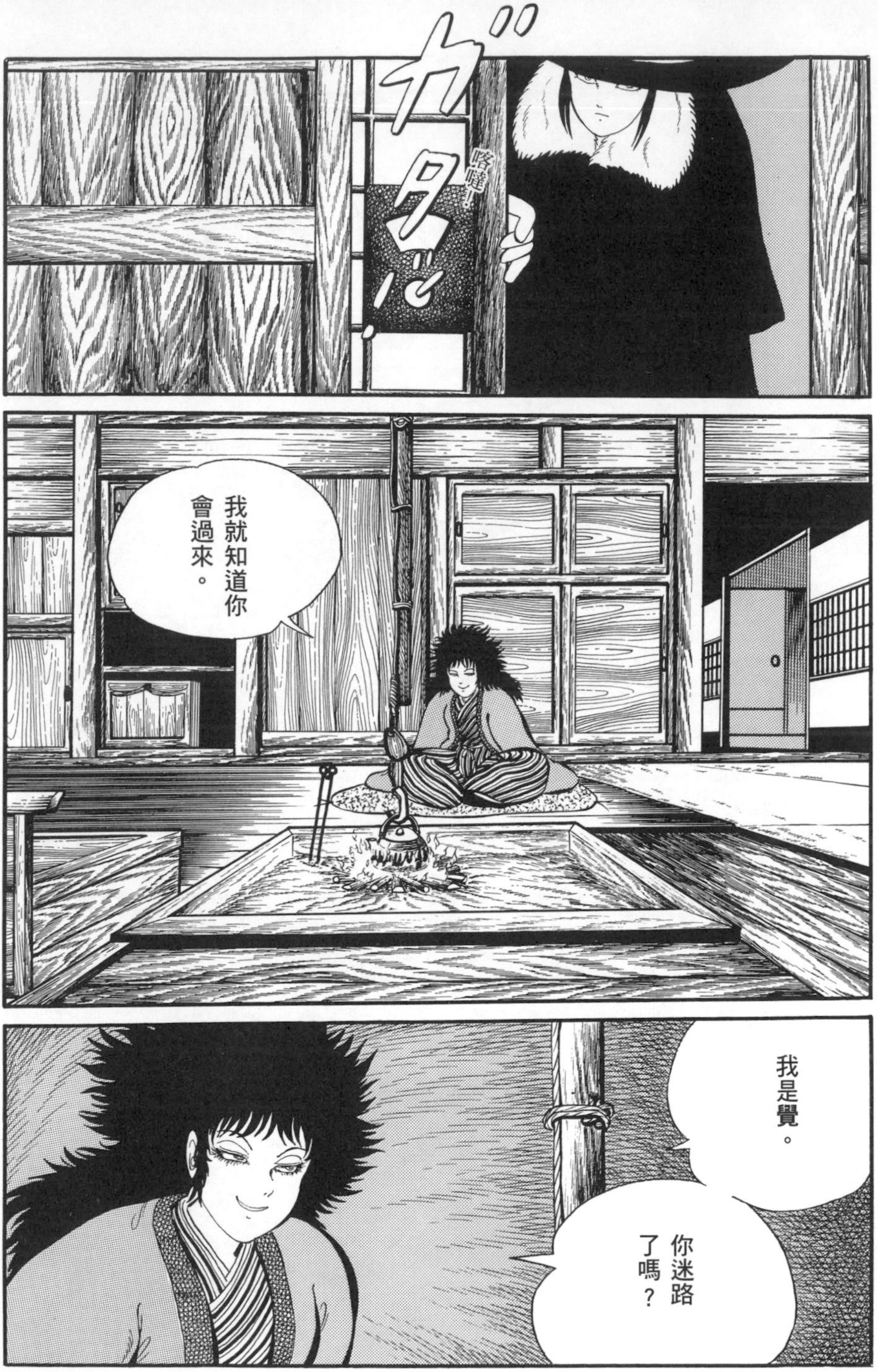
ガタッ
咯噠！
我就知道你會過來。
我是覺。
你迷路了嗎？

我不是什麼可疑人物。
可以讓我借宿一晚嗎？
上來吧，烤烤火暖身子。
你是從東京來的？

……偵探是什麼？
……案件……解決了……要回去了……嗎？
沒錯。
我能參透你內心所想的事情。
喔？
你把自己的內心關起來了？你擁有和我一樣的力量嗎？

但是我比你厲害。
我的力量更強。
你真是挑對時間來了。
今晚村裡的那幫傢伙要來殺我。
!
為什麼？
聽說是因為我會讀他人的心……我預知將來的事，還做盡壞事。
我以前可不是孤零零地住在這種小屋裡，
而是好好地在村子裡生活。

我使出力量……
猜中了好幾天後的天氣，告訴大家適合打獵的地方，村裡人都很高興。
但是……我也有做不到的事。
我沒辦法命令牛馬生產，讓天空下雨，或是阻止下雪。
我小的時候，大家都很重視我，還尊稱我為神明大人。

村裡人說我不聽他們的請求，對我相當憤怒。
那段時間，村子發生了火災。
我成了罪魁禍首。
從此以後……就連小孩子溺水，有蠢材在路上摔倒，
農作收成不佳，
大家都會怪在我頭上。

……
村裡人開始憎恨起我來。
說我是魔鬼之子。
因此，今晚那幫人才要來殺我。
我都看得見……他們手拿火炬……
正在往這裡來。有一大群人。

為什麼不逃？
這裡是爸爸和媽媽的埋葬之地。
我不能走。
而且，我也不是這麼容易就能殺死的。
你聽!!
簌簌簌簌簌簌簌簌
是雪崩。
!!

那是從村子過來這裡最快速的直線道路。
簌簌簌簌簌簌簌……
那裡崩塌了。嘻嘻嘻嘻……
這可不是我害的。
但是啊……我早就知道了。今晚哪裡會發生雪崩……呵呵呵。
我只是沒告訴那些傢伙罷了。嘻嘻嘻嘻……哈哈哈。
ハハハハハ
ヒヒヒヒ……
嘻嘻嘻嘻
哈……哈哈哈哈

從村子來的那群人……
看起來沒有全軍覆沒。
有個男的往這邊來了。
一個年輕小伙子。
……我知道。
那是重吉，他是村裡的年輕人。
……就算被他殺死，我也沒有怨言。

!?
……
!
ガガッ!
喀噠!
重吉!!
阿……
阿……
覺～～!

咚!!
……看來他光是抵達這裡就用盡力氣了。
快脫掉他的衣服，讓他躺在那邊。

他身體越來越冷了。
阿覺，妳脫光衣服去暖重吉的身子。
咦!?
我早就知道妳是女的了。
好了，快去隔壁房間準備，快去!!
嗯……嗯。

ガタ
咯噠……
重吉……
你聽得到嗎？
……
等一下會有個女人過來。
她願意委身於你。

你要擁抱她、疼愛她。
那女人也愛著你。
明白了嗎？
……
ガタ
喀噠……
柴火不夠了。
這種時節只有生柴，但也無可奈何。
我去附近的樹林……

算了，
我盡量去遠一點的林子吧。
可能會花一點時間。
喀噠。
……
啊……！

重吉……你冷嗎？
我來用身體溫暖你了。
你也是來殺我的吧？
……那也沒關係。我來溫暖你。
我從以前就很喜歡你。
雖然你和村裡人一樣，把我看做怪物。
但我還是好喜歡你。

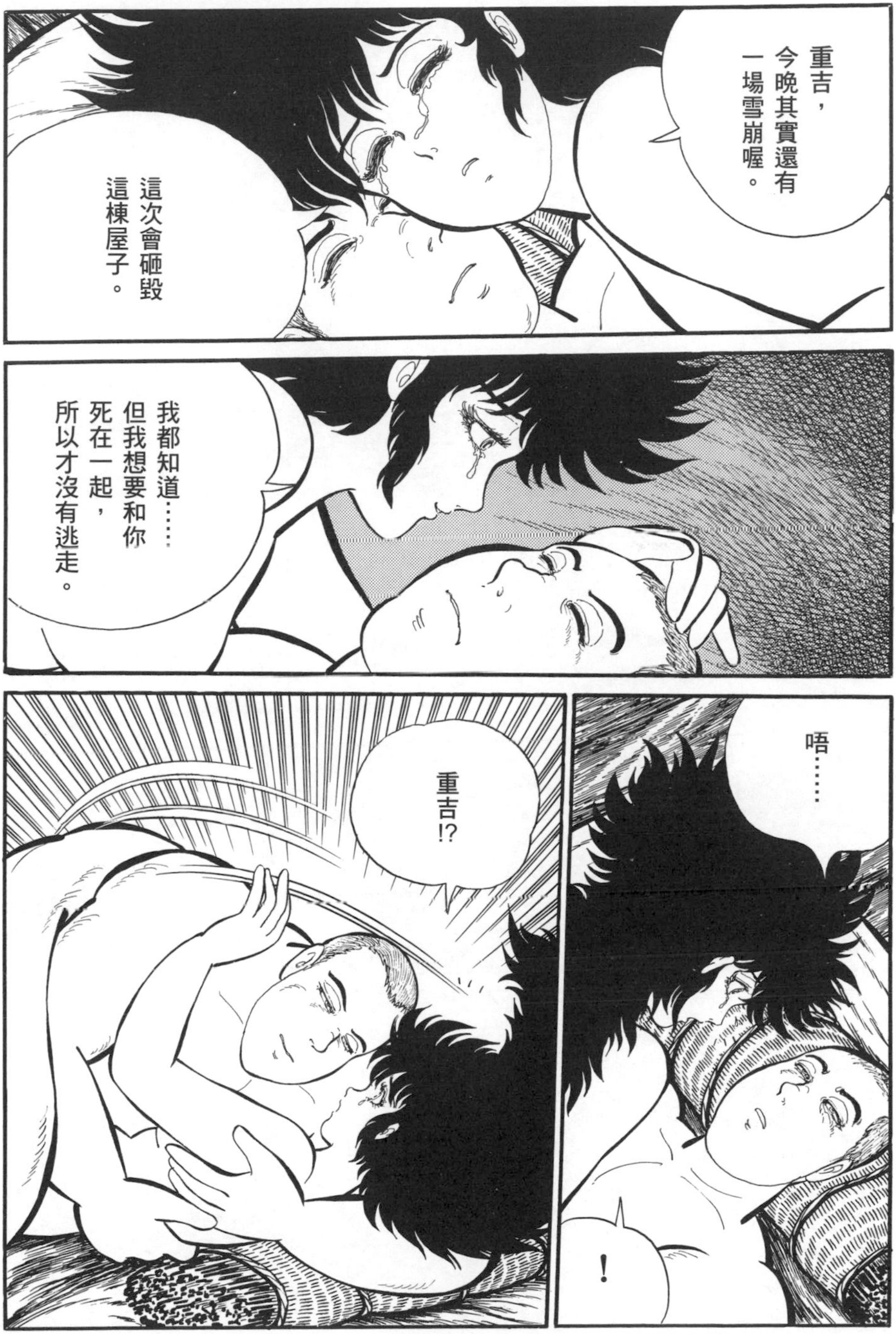
重吉，今晚其實還有一場雪崩喔。
這次會砸毀這棟屋子。
我都知道……但我想要和你死在一起，所以才沒有逃走。
唔……
!
重吉!?

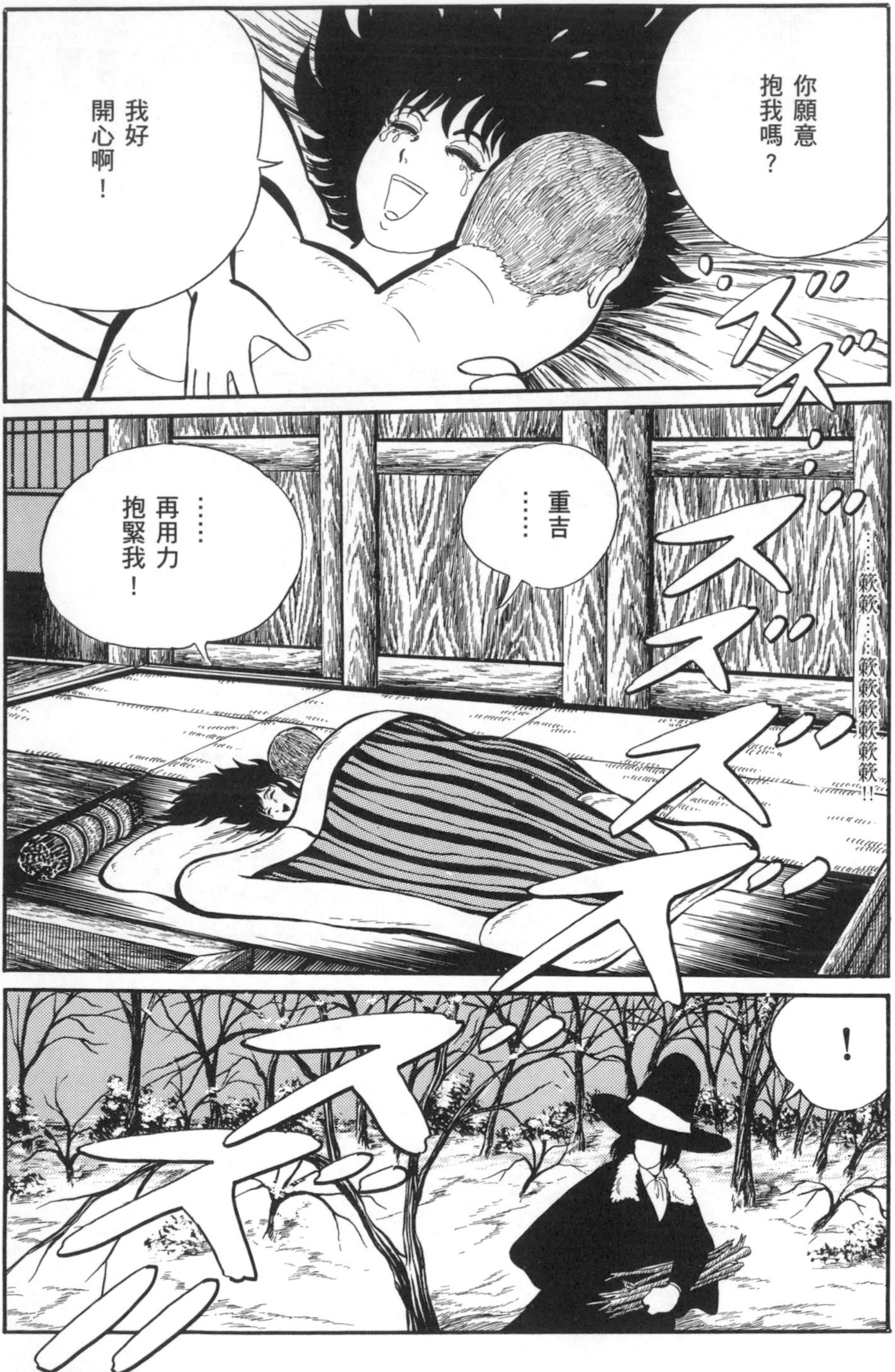
你願意抱我嗎？
我好開心啊！
……簌簌……簌簌簌簌簌簌!!
重吉……
……再用力抱緊我！
！

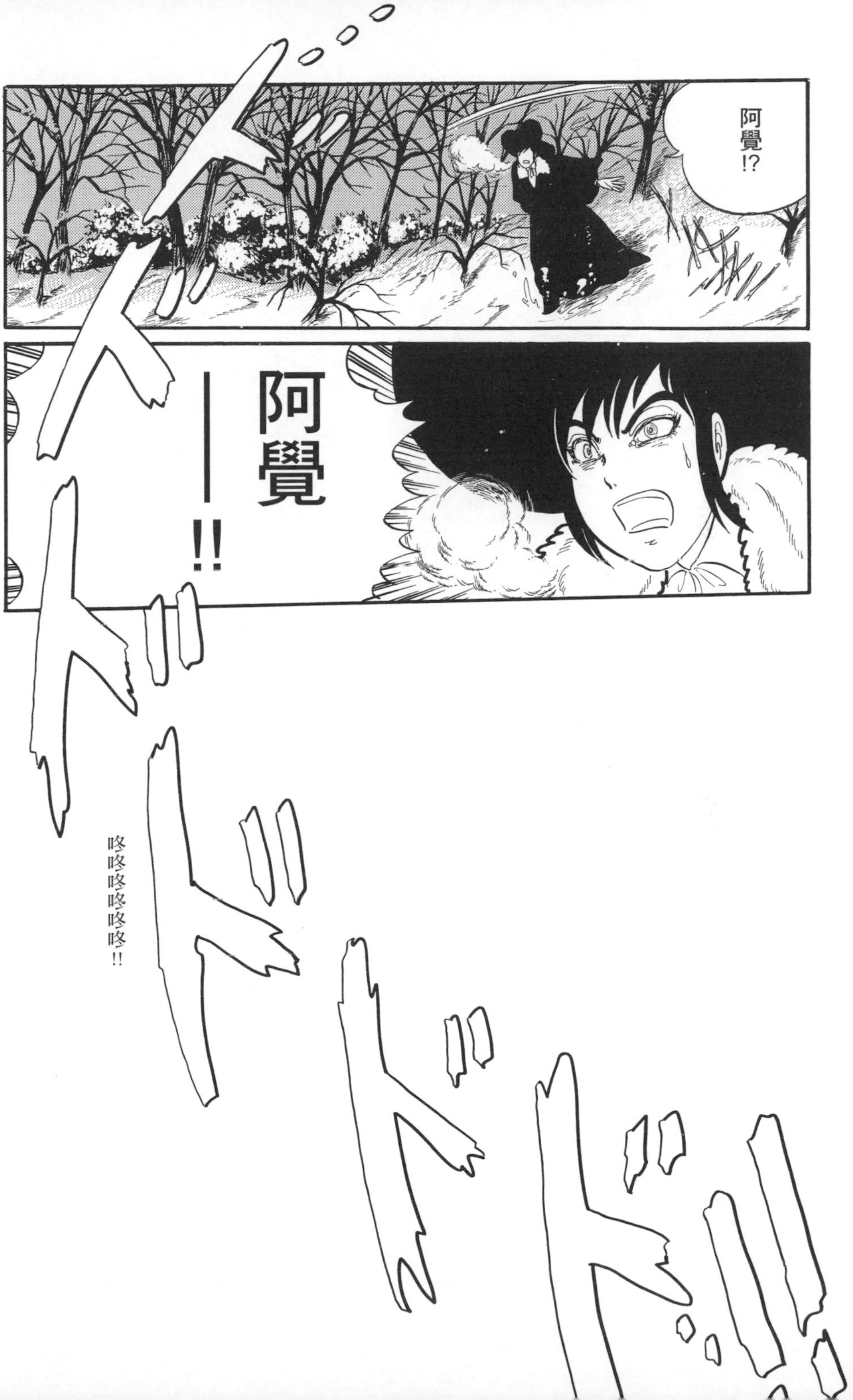
阿覺!?
阿覺——!!
咚咚咚咚咚咚!!

〔覺〕終

第十夜　　夢魔

ガシャーン
哐噹！
！
ピチピチ
啪啪！

ピチピチ！
啪啪啪！
真可憐……
！
已經沒救了。
妳看，牠多麼痛苦……

妳快點幫牠從痛苦中解脫吧。
咦!?
牠不是很可憐嗎？妳要讓牠繼續受這種折磨嗎？
ピチ
啪
ピチ!
啪!
快讓牠解脫吧。
快點殺了牠。
對了，妳只要抬起腳踩下去……
這可是功德一件喔。
ビク!
抖!
不可以!!

!
看仔細點，
金魚缸沒打破喔。
啊!!
快點把金魚放回魚缸裡吧。
ピメ
ピメ！
啪
啪！

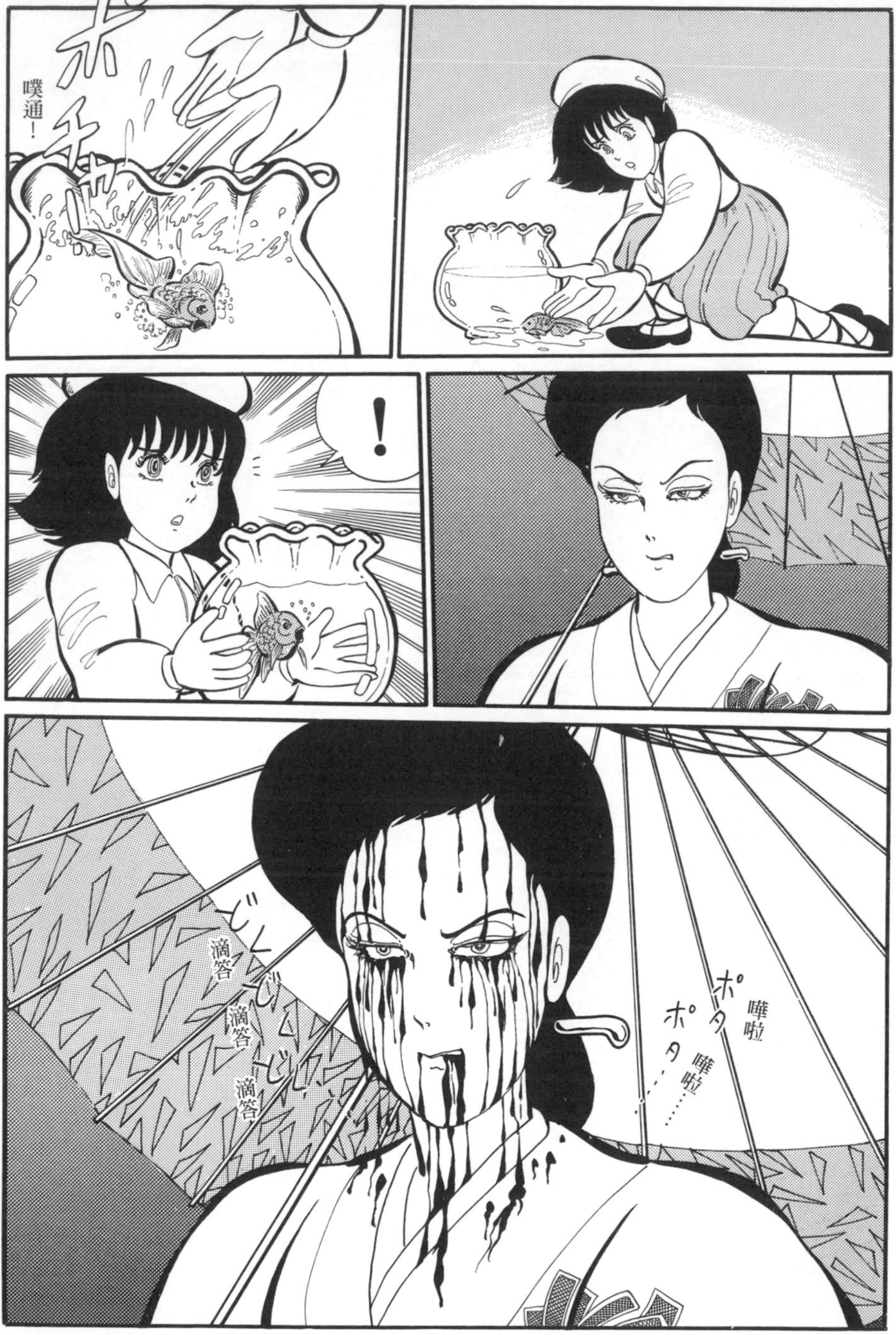
ポチャ!
噗通！
!
ポタ
嘩啦
ポタ……
嘩啦……
滴答
滴答
滴答

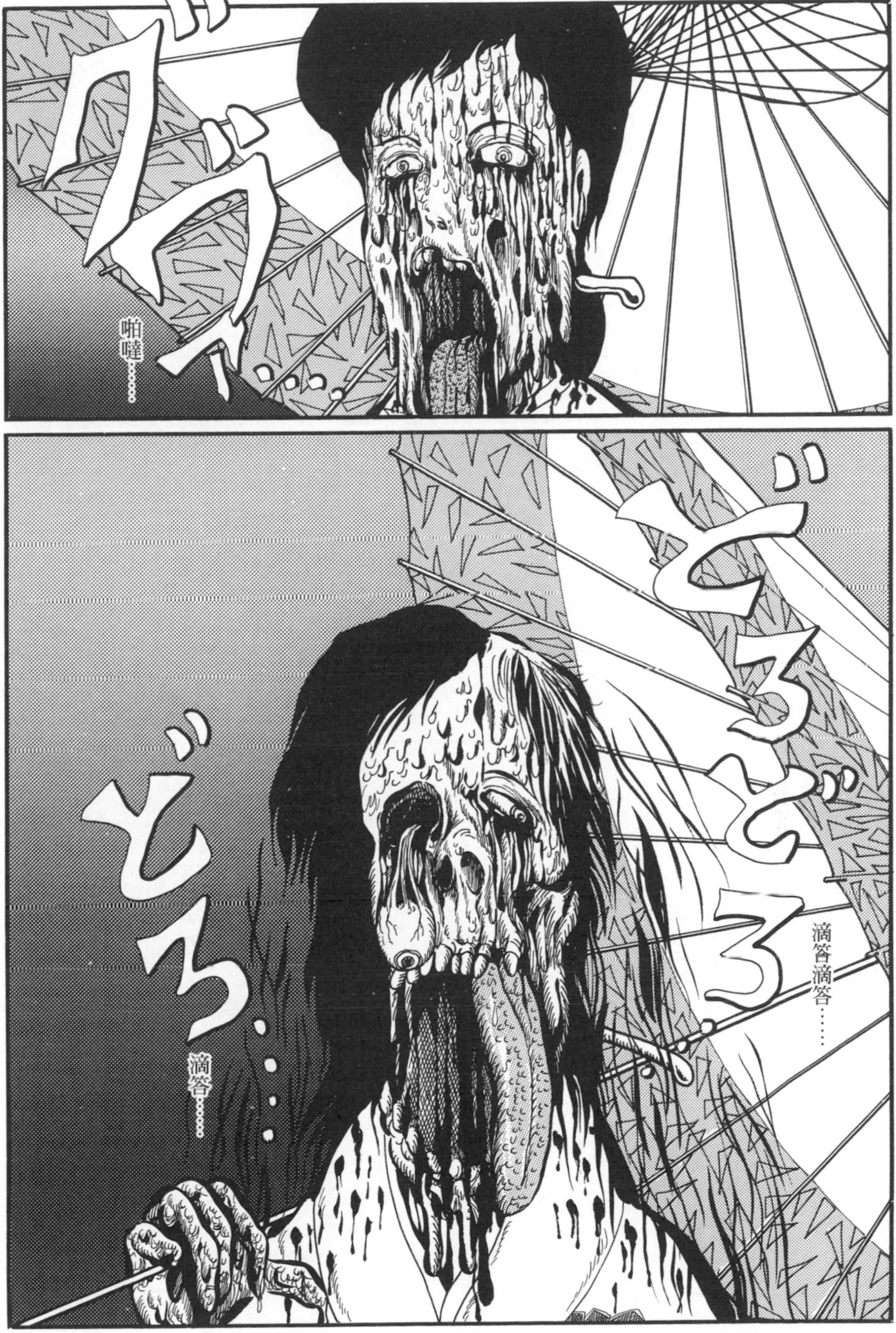
グヴィ……
啪噠……
どろどろ
滴答滴答……
どろ……
滴答……

ゴボ
ゴボ
ゴボ…!
咕嘟……!
咕嘟
咕嘟……
過來，快!!
!

有什麼東西飛過來了!!

ホオオオオー…!
呼嗚嗚嗚……
ホオーオオオ…
呼——嗚嗚……
バタバタバタ!
帕噠帕噠帕噠!

小姑娘，歡迎光臨。
來和我們一起玩吧。
跟我們一起來，
我們帶妳去好地方。
喔呵呵呵呵!!
不能回她們話喔。
嗯。
!
呀啊!!
啪噠啪噠!!

啪！
咻嗚嗚嗚！
呀啊啊啊啊！
啪嗒啪嗒啪嗒!!

快上船!!
ザァァァ!…
唰唰唰……!
ぐいー!

ザァァァ
唰唰唰唰

ヌッ
咻……
ガッ
啪!
!
呀啊啊啊!!
ズザァ
嘩!
咻!

ヴォァッ
嘎啊
碰！
啪沙——！
アアアア
啊啊啊啊……
オオオオ
喔喔喔喔……

アァーーン
アァアァアー
オオオオオウ
喔喔喔喔喔……
啊啊啊啊～
不要怕，緊緊抓住我!!
好可怕啊!!

唔喔喔喔
啊啊啊啊
哇啊!!
唰——!
咕咚!

!
太好了!!
妳醒了！
媽媽!!
這裡
是哪裡？
是河啊，
妳掉進河裡
了。
差點就沒
救了啊！

已經沒事了。
真的太好了。
有位男士跳進河裡把妳救上來的喔。
這麼說來……那位恩人在哪裡呢？

〔夢魔〕終

第十一夜　　電梯

キャアアアアア!!
呀啊啊啊啊!!
出事了！有人摔下來了!!
有人從百貨公司頂樓跳下來了!!
モンブル
蒙布魯
是個年輕女孩。
太慘了，到處都是血。
明明還這麼年輕，太可惜了。

不敢相信……!!
怎麼會發生這種事!!
那孩子怎麼可能自殺!!
她下個月就要結婚了啊!明明就那麼幸福!!
她是來和我一起買結婚要用的東西……我正想著人怎麼不見了……!!
這位母親,請您冷靜一點。
她怎麼可能做出這種蠢事!!

WASEDA
KEIOH
スピード
SPEED
ドーピス
煙所
抽菸處

歡迎光臨。
電梯上樓。
咻

這位客人，不好意思。
電梯內禁止吸菸。
抱歉。
大半夜還要工作，妳真辛苦。
已經是過度加班了。
妳叫什麼名字？

……我叫做紀美子。
真是個好名字。
頂樓到了。
ズー……
歙——
客人。

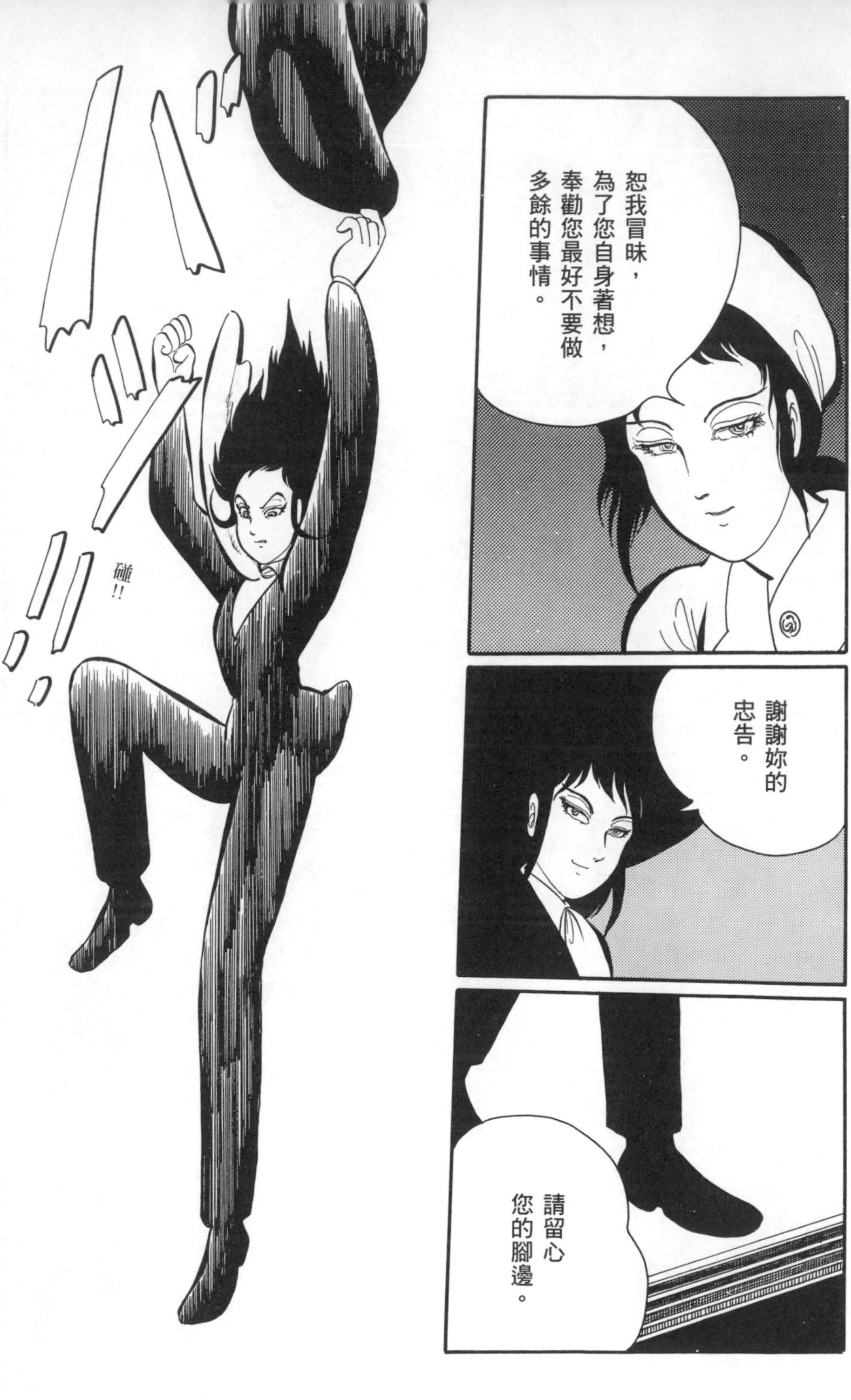

恕我冒昧，
為了您自身著想，
奉勸您最好不要做
多餘的事情。
謝謝妳的
忠告。
請留心
您的腳邊。
碰!!

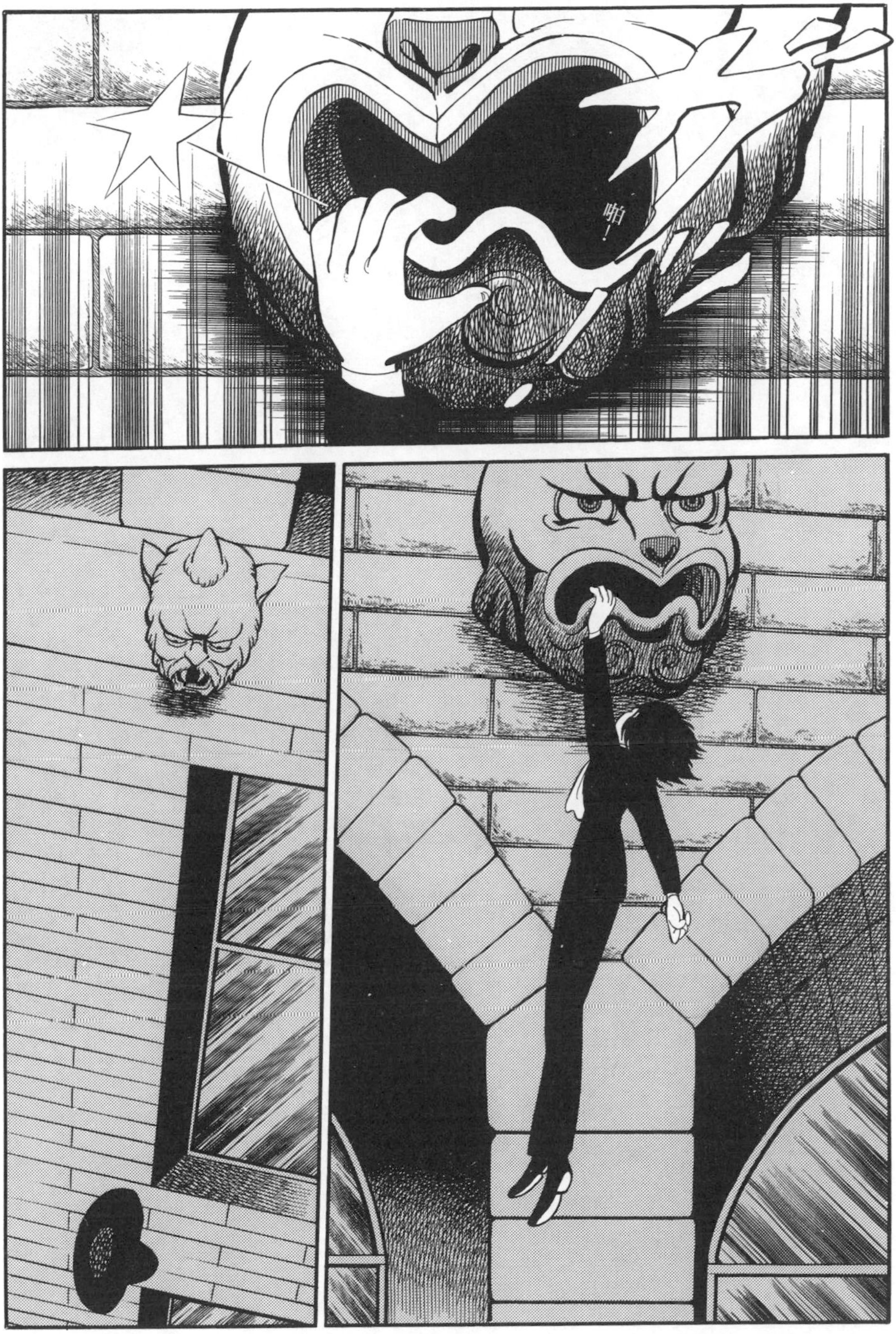
啪！

……原來如此。

你說你大半夜整個人掛在百貨公司頂樓的牆上？
差點就沒命了。
就算是你也會死啊？
是那間N百貨嗎？
前幾天有年輕女孩在那裡跳樓吧？
是啊。
你看起來不像是會追隨戀人殉情的人啊。
但反過來的話就難說了……嘿嘿嘿。
那間百貨以前發生過什麼事嗎？電梯的……
你在報社工作，一定知道些什麼吧。

喔，等一等!!
……對，我想起來了。
就在一年前，發生過電梯墜落的意外。電線突然斷掉……電梯從最高樓層「咻」地墜落在地。
該說幸運嗎……當時電梯內沒有客人。
只有一名電梯小姐身亡。
她原本一個月後就要結婚了，真是可憐啊。
結婚啊……
我想知道她未婚夫的名字。
可以幫我調查嗎？

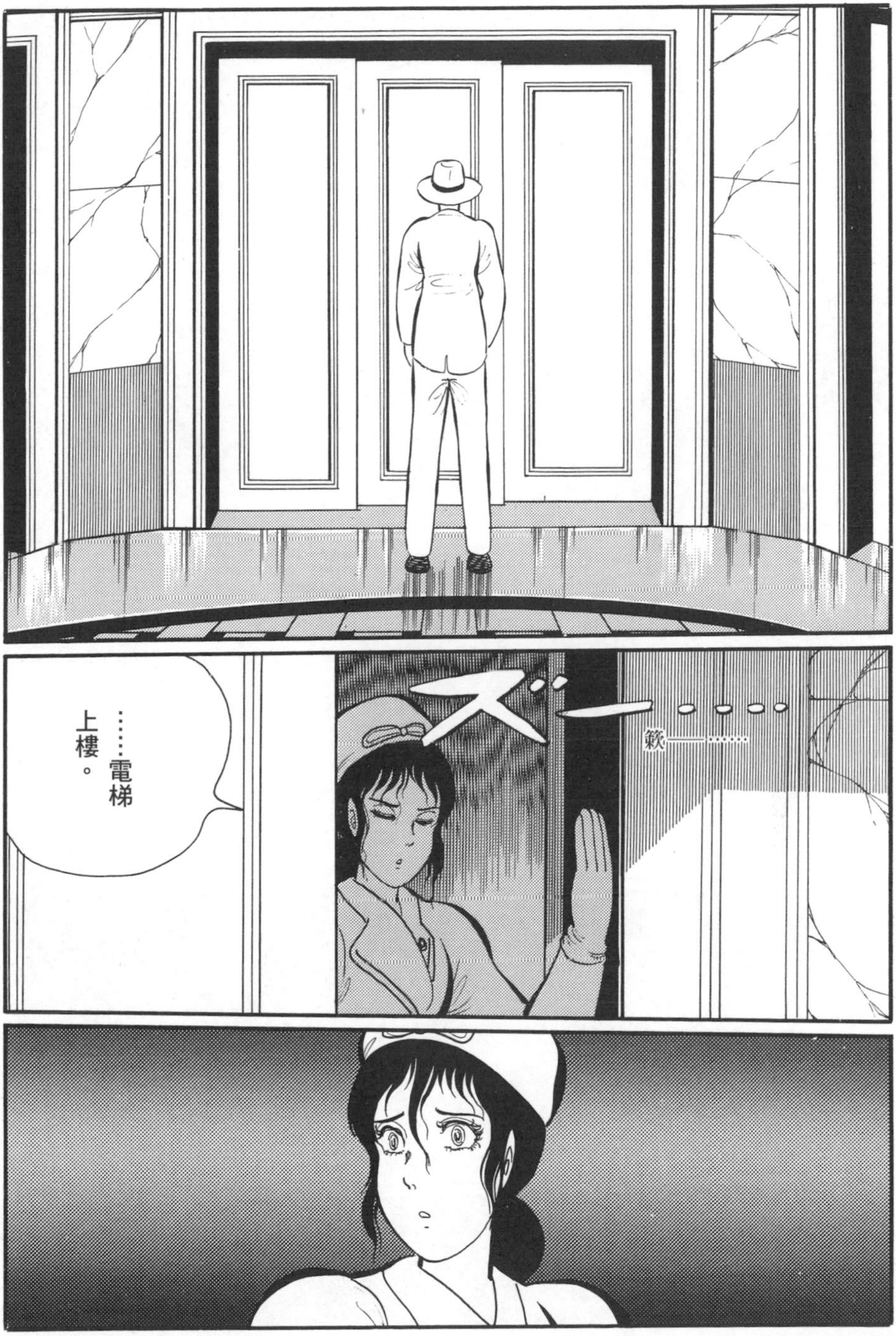
ズー・・・・
簌——……
……電梯上樓。

……紀美子小姐!!

哈！
！
……你恢復意識了？

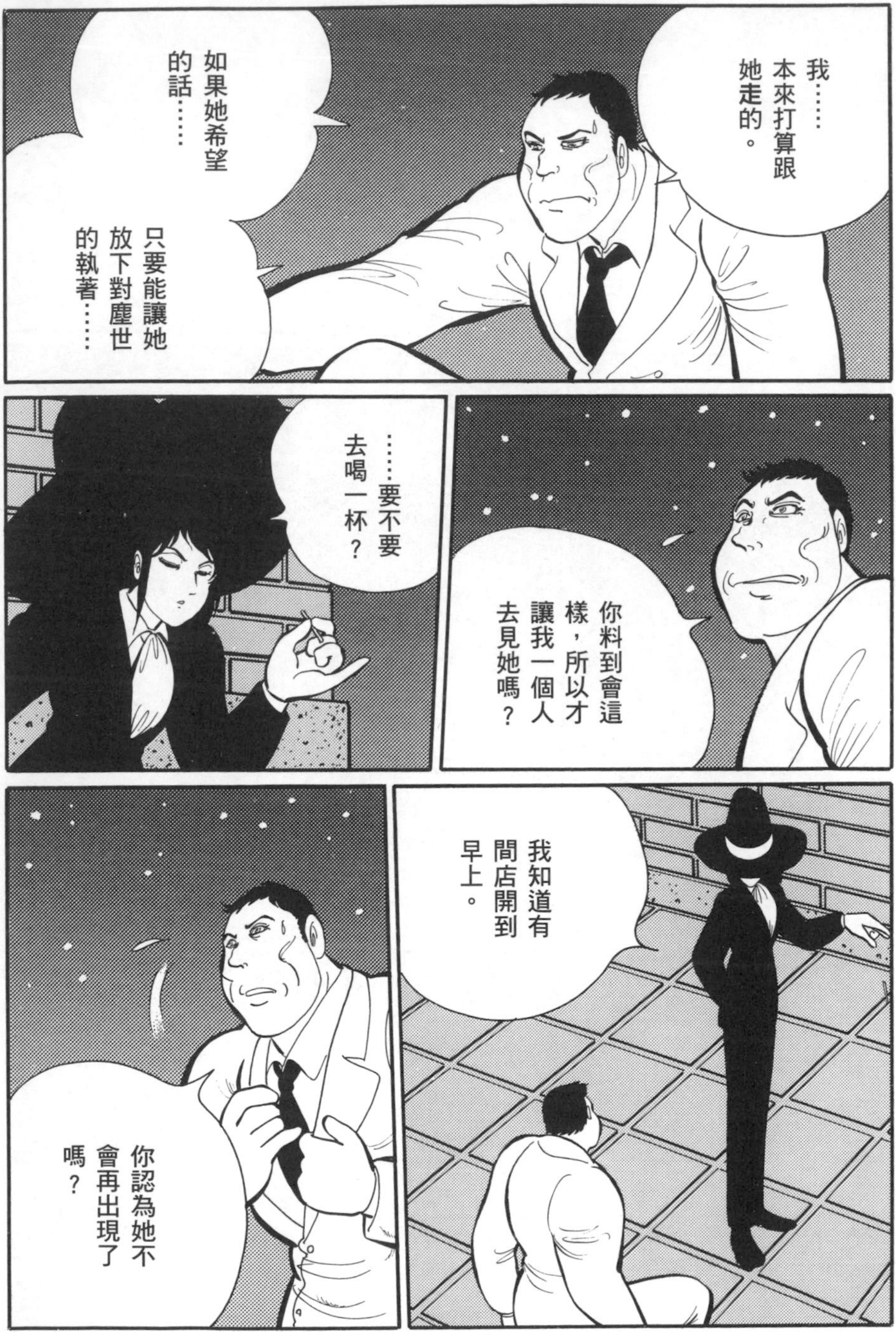
我……本來打算跟她走的。
如果她希望的話……
只要能讓她放下對塵世的執著……
你料到會這樣，所以才讓我一個人去見她嗎？
……要不要去喝一杯？
我知道有間店開到早上。
你認為她不會再出現了嗎？

她不會再出現了吧。
她已經走了。
走向上面。
一直、一直往上走。

〔電梯〕終

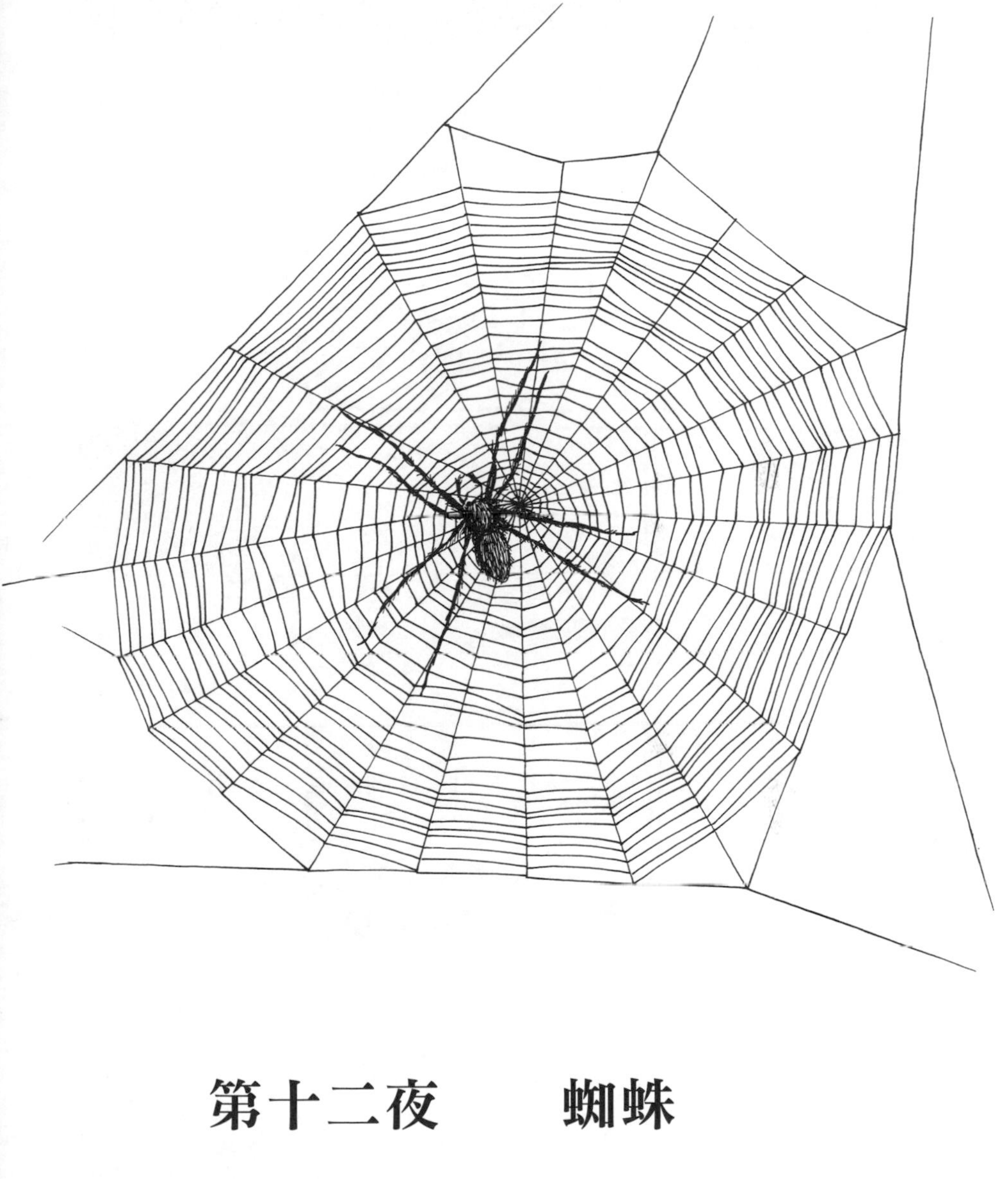

第十二夜　蜘蛛

我今年十二歲，名字是沙也加。
さやか
沙也加
我和爸爸、管家阿婆一起住在巨大的宅邸裡。
我的媽媽在我很小的時候就過世了。
爸爸是學者，在世界各地旅行，蒐集稀有的昆蟲。
因此我總是一個人留在家裡，有一點點寂寞。

Atlach-Nacha
爸爸！這是蜘蛛嗎？
是蜘蛛吧？
沒錯。
沙也加討厭蜘蛛嗎？
一點也不，什麼蟲我都喜歡。
哈哈哈……
對了，蜘蛛不是昆蟲喔，牠有八隻腳，頭和胸部也沒分開。
我知道喔！
我懂了！爸爸下次旅行就是要去找這種蜘蛛吧!?對不對？

嗯……這可能很困難呢。牠們在幾萬年前就已經絕種了。
學名是阿特拉克·納克亞（Atlach-Nacha）(註)，是和人類一樣大的蜘蛛。
哇！好可怕！
傳說中，這種蜘蛛還會化身為年輕女性喔。
那都是迷信啦！不要嚇唬人家！
那爸爸這次旅行是為了什麼呢？
呵呵呵……這是祕密。但要是沙也加當個好孩子乖乖看家，我就會帶很棒的禮物回來喔。
真的嗎!?人家一定會當個好孩子的！
真的、真的，我很快就會回來。

註：阿特拉克·納克亞，源自霍華德·菲利普斯·洛夫克拉夫特的克蘇魯神話體系，爲人面蜘蛛身的蜘蛛之神形象。

爸爸沒有說謊，他確實很快就結束旅行回家了。
而他帶回來的禮物是……
沙也加！來見妳的新媽媽。
沙也加，請多指教。
！
我的繼母！我的新媽媽！啊，真是太棒了！
我很快就迷上了新媽媽。

媽媽不但年輕美麗……還很溫柔。我們相處得相當融洽。
沙也加！在那邊！牠逃到那個方向了！
好的，媽媽！
小蝴蝶，等等我！
抓到了！
啪
媽媽！快看！
!?

你滾！快給我滾回去!!
別再說那種無聊話！
我是為您和令千金的安危提出忠告。
太愚蠢了！
不許你汙辱我的妻子!!
如果你不相信我，那也沒辦法……
但尊夫人確實……
……不是人類。

滾吧！快滾回去!!
……
爸爸，那個人是誰？是客人嗎？
不……他不是客人。
只是個無禮的傢伙，肯定腦袋有問題。
沙也加剛才在院子裡和媽媽一起玩嗎？
對啊。爸爸，快看！我抓到小蝴蝶了喔！
啊……!?

那一晚，
父親這樣對我說。
沙也加，我一直以來都是個不稱職的父親。
總是留可愛的女兒獨自在家裡，到處旅行。妳一定也感到很寂寞吧。
但是爸爸下定了決心，從今天起不再去其他地方了。
我要一直待在這個家裡，和妳還有媽媽一起生活。
爸爸，真的嗎!?
是啊，真的。
爸爸要一直待在家裡，寫書賺錢。
是妳媽媽改變了我的想法。

是啊，沙也加。
我緊緊抓住了妳爸爸喔。
哈哈哈……！說得沒錯！
太棒了！爸爸！我好開心！
爸爸明明對我說了這番話，然而，隔天早上我醒來時……

沙也加，
妳爸爸出門旅行了。
咦!?
可是……！
不要露出這麼哀傷的表情。
他出門得很趕，甚至來不及和沙也加說再見。
妳爸爸一定也很難過。
但是沙也加不是一個人啊。媽媽也陪著妳。
我已經讓管家阿婆休假了。
我們倆一起好好看家，好嗎？
……好的。

是啊，我已經不會再寂寞了。因為有媽媽在啊！
我和媽媽開始了兩人生活。
我越來越喜歡媽媽了。
洗澡的時候，我會幫媽媽刷背。媽媽的肌膚雪白又光滑。

媽媽……
怎麼了？
媽媽的身體真美麗。
人家什麼時候才能變得和媽媽一樣漂亮呢？
哎呀，沙也加真會說話。
晚上我和媽媽一起入睡，媽媽的胸口相當溫暖。

咦？
……媽媽？
!!
喀沙喀沙！
喀沙喀沙！

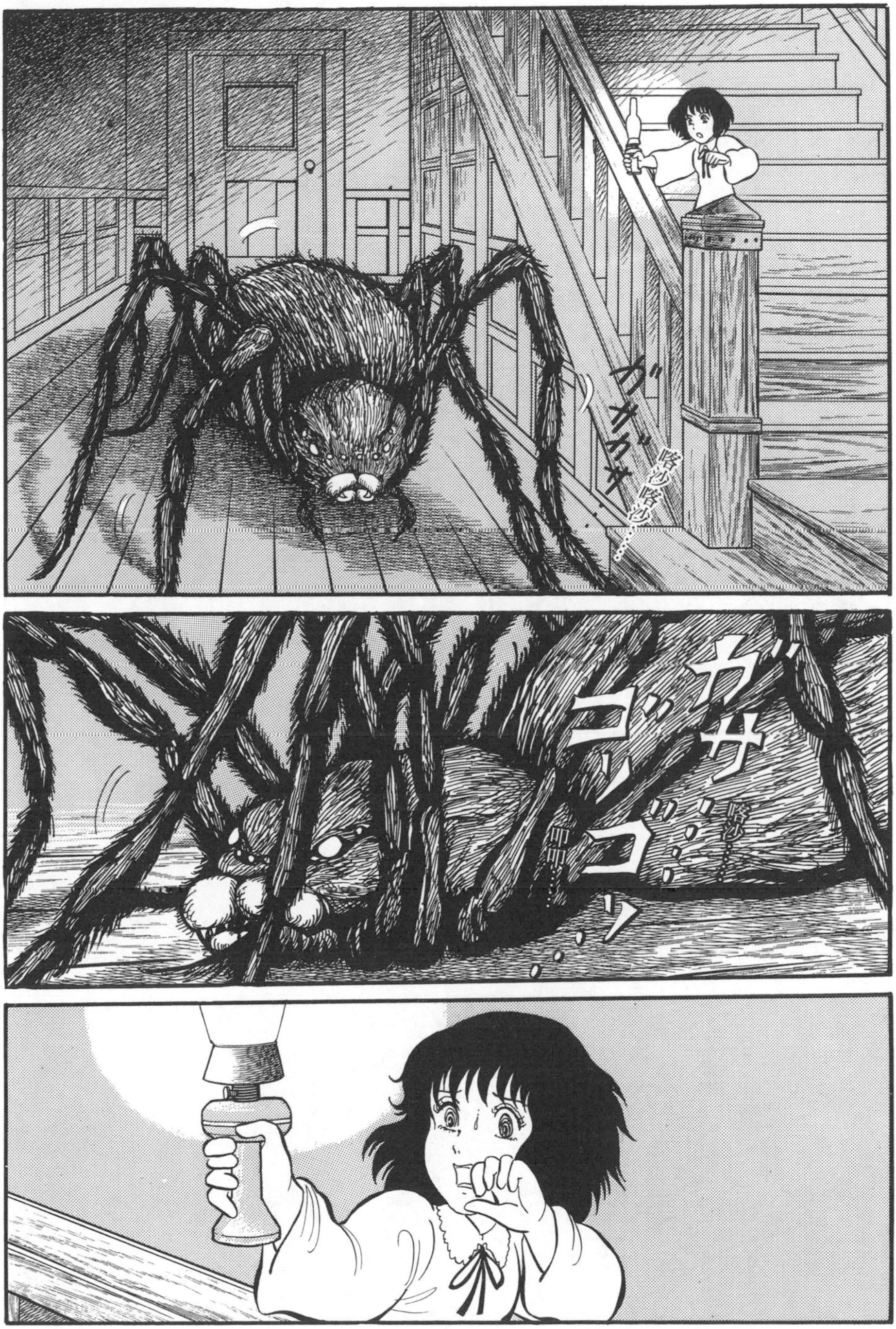
ガサガサ
喀沙喀沙……
ガサ……
喀沙……
ゴッゴッ……
コッ……
叩叩……

……蜘蛛？
沒錯！我昨天晚上看到了！是和人類一樣大的蜘蛛。
牠出現在走廊上！還打開地下室的門，往下跑走了！
呵呵……真有趣，妳睡迷糊了嗎？
是真的！媽媽！好可怕!!
妳只是做了噩夢而已。快忘記吧。
還有……
從那之後，媽媽就禁止我進地下室。
她說因為那裡又暗又危險。

媽媽……在哪裡？
！
地下室的門開著。
媽媽……？

呀啊啊啊啊!!

……妳都看見了。
媽、媽媽！
蠢孩子……我是真的很喜歡妳喔。
甚至想過以後要讓妳成為我們的同伴。
沒辦法……來吧，過來這裡。
快過來我這邊！
不要啊!!

碰!
!
!!
啪!
啵!!

ギエエエエエッ

啪！
!!
咻！
乖，別哭了。
人家……人家真的很喜歡媽媽。
一直期望著哪天能變得和媽媽一樣。

但現在只剩下我一個人了！
！
拜託！不要丟下我！一直和我在一起吧!!
拜託你陪在我身邊，一直一直在一起……！
我們一起生活吧！直到永遠！
哎呀……對了！
我去找人過來，妳在這裡待著。
上天保佑，饒了我吧。
……那個人再也不曾回來。

所以……我獨自待在這裡，一直都是一個人。
等待著有一天，我的白馬王子會出現。他會和我一起住在這裡嗎？一直一直在一起……直到永遠。
〔蜘蛛〕終

第十三夜　　機器娃娃

怎麼了……？
キリ……
喀噠……
キリキリ……
喀噠喀噠……

只是……
有點頭暈。
「沒事吧？」
「抱歉，您能送我一程嗎？」
BAR
BANDOW
BAR
COZY
不好意思，我家有點遠……
キリキリ…
咯噠咯噠……
那是什麼聲音？

夢幻紳士
EX · LIBRIS
Mugenshinshi Kaikihen Aizouban © 2017 Yousuke Takahashi

妳的家人呢？
我爸爸……應該快回來了。
在他回來前，您可以陪著我嗎？拜託您。
那我就在客廳等令尊回來吧。
如果有什麼事，隨時叫我一聲。
碰

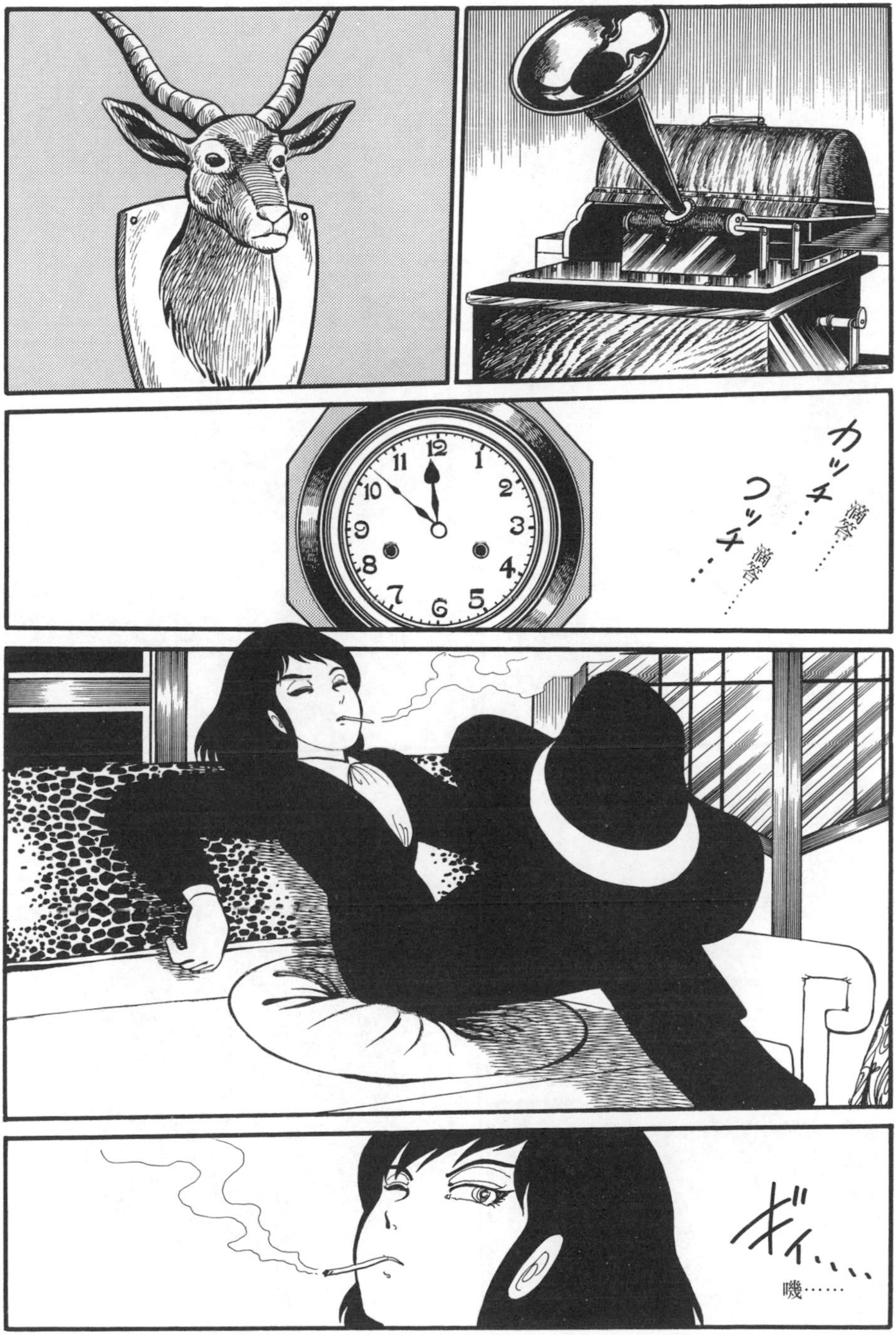
カッチ…
滴答……
コッチ…
滴答……
ギイ……
嘰……

我爸爸今晚似乎不會回來。
身體還好吧？
多虧了您，已經舒服很多了。
那我就告辭了。
多保重。
啊，等等……

請您今晚住下來吧。
已經很晚了。
這時間也沒有車了，路上可能會遇到危險。
我已經很習慣夜晚的黑暗了。
不會有什麼可怕的事物。

不是的……求求您，請您留宿一晚吧。
我不想一個人!!

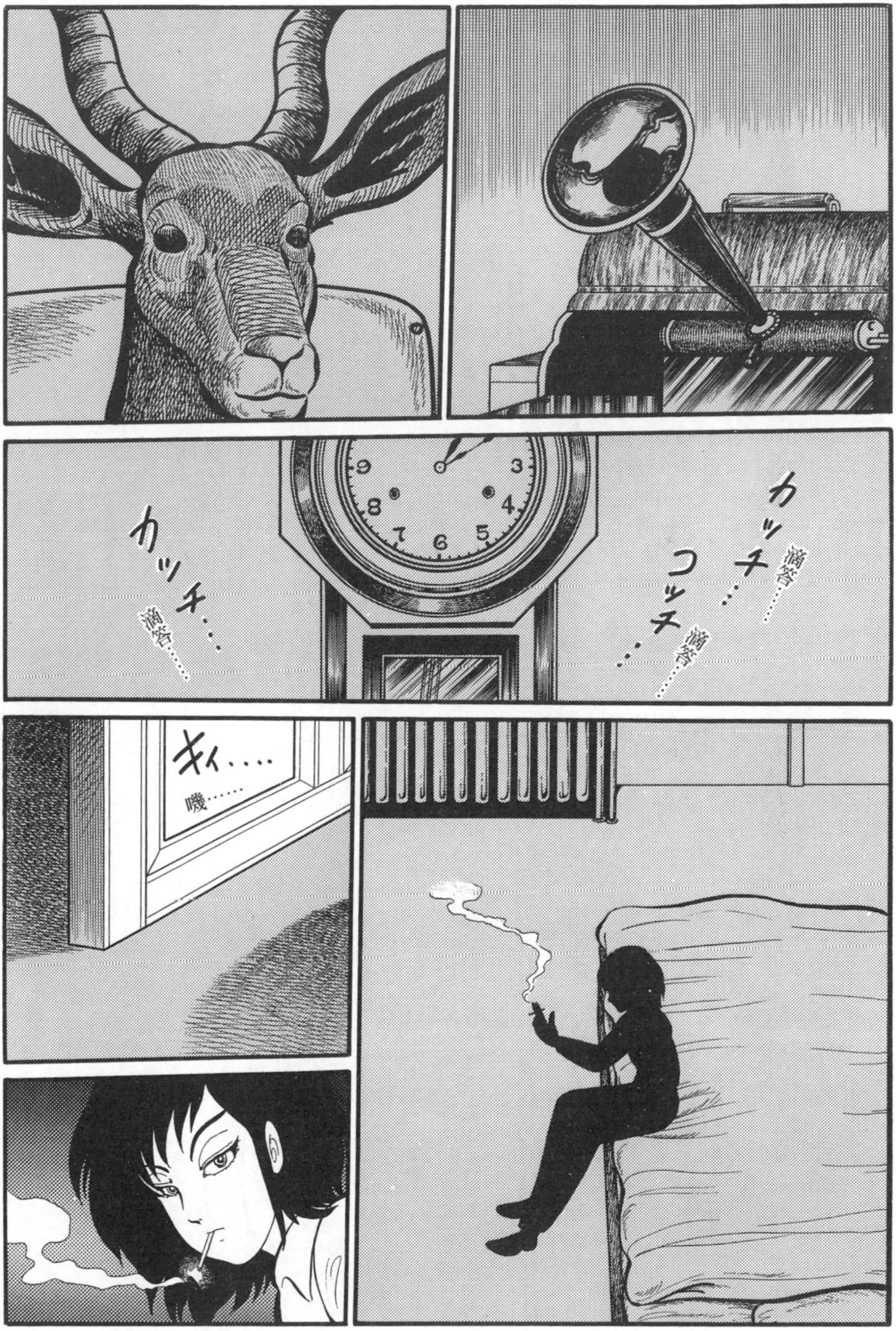
カッチ…
滴答……
コッチ…
滴答……
カッチ…
滴答……
キィ….
嘰……

請您擁我入懷吧。
拜託。

抱我吧。
請好好疼愛我……
喀噠……
キリ……
キリ
キリ……
喀噠喀噠……
喀噠喀噠……
キリ
キリ……
……又是這個聲音。

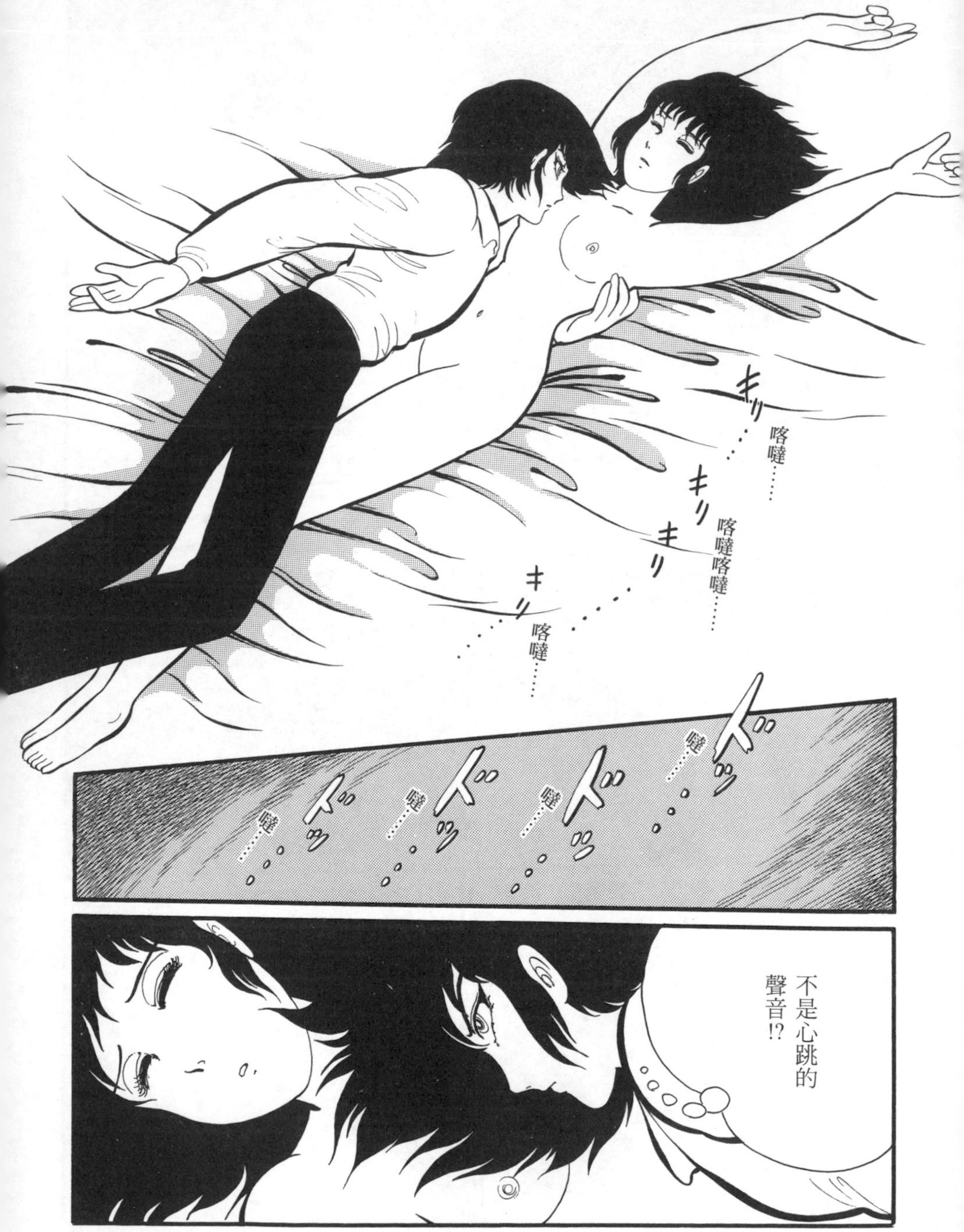
キリ
喀噠……
キリ
喀噠喀噠……
キリ
キリ
喀噠……
ドッ
噠……
ドッ
噠……
ドッ
噠……
ドッ
噠……
不是心跳的聲音!?

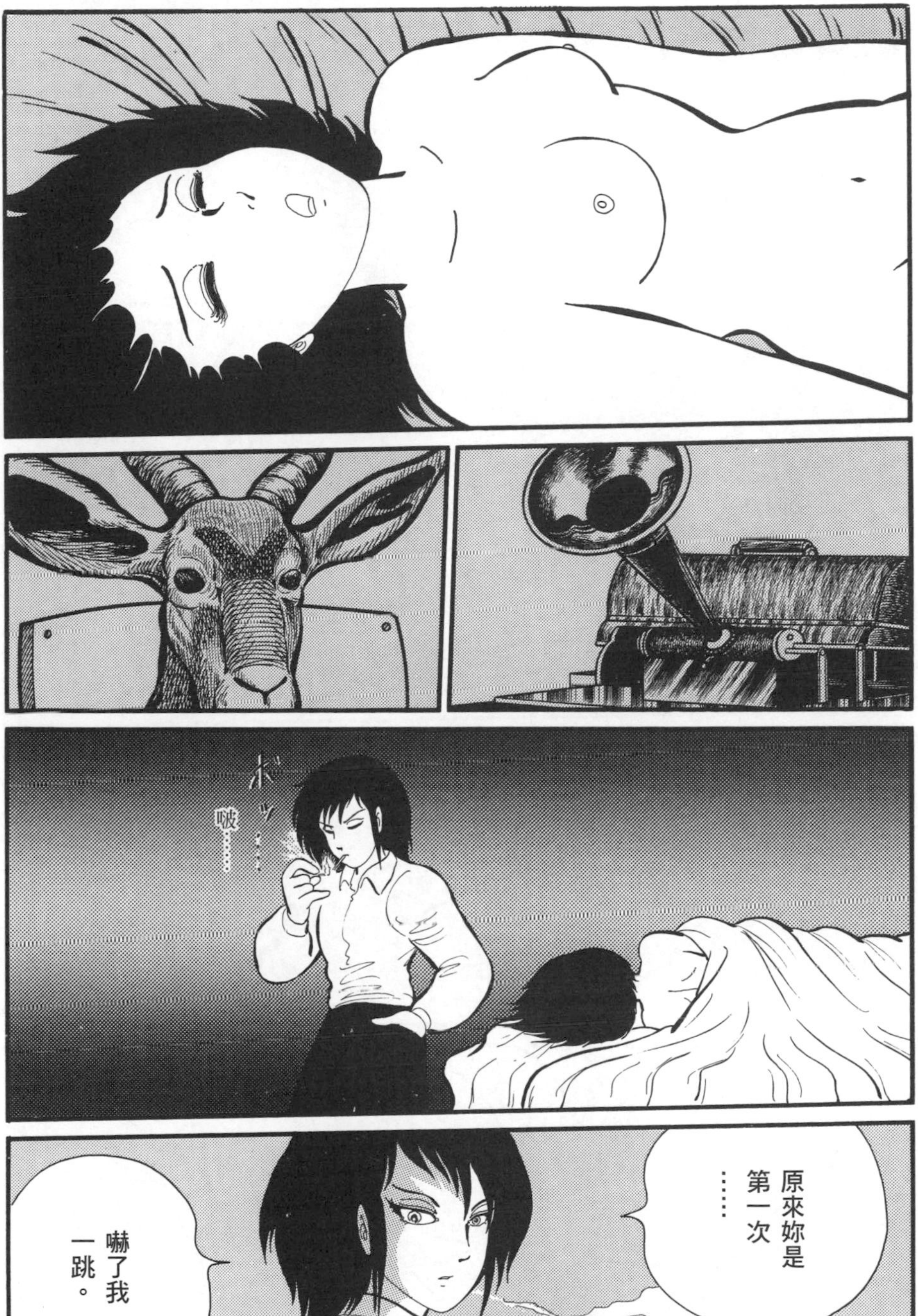
ボッ
啵……
原來妳是第一次……
嚇了我一跳。

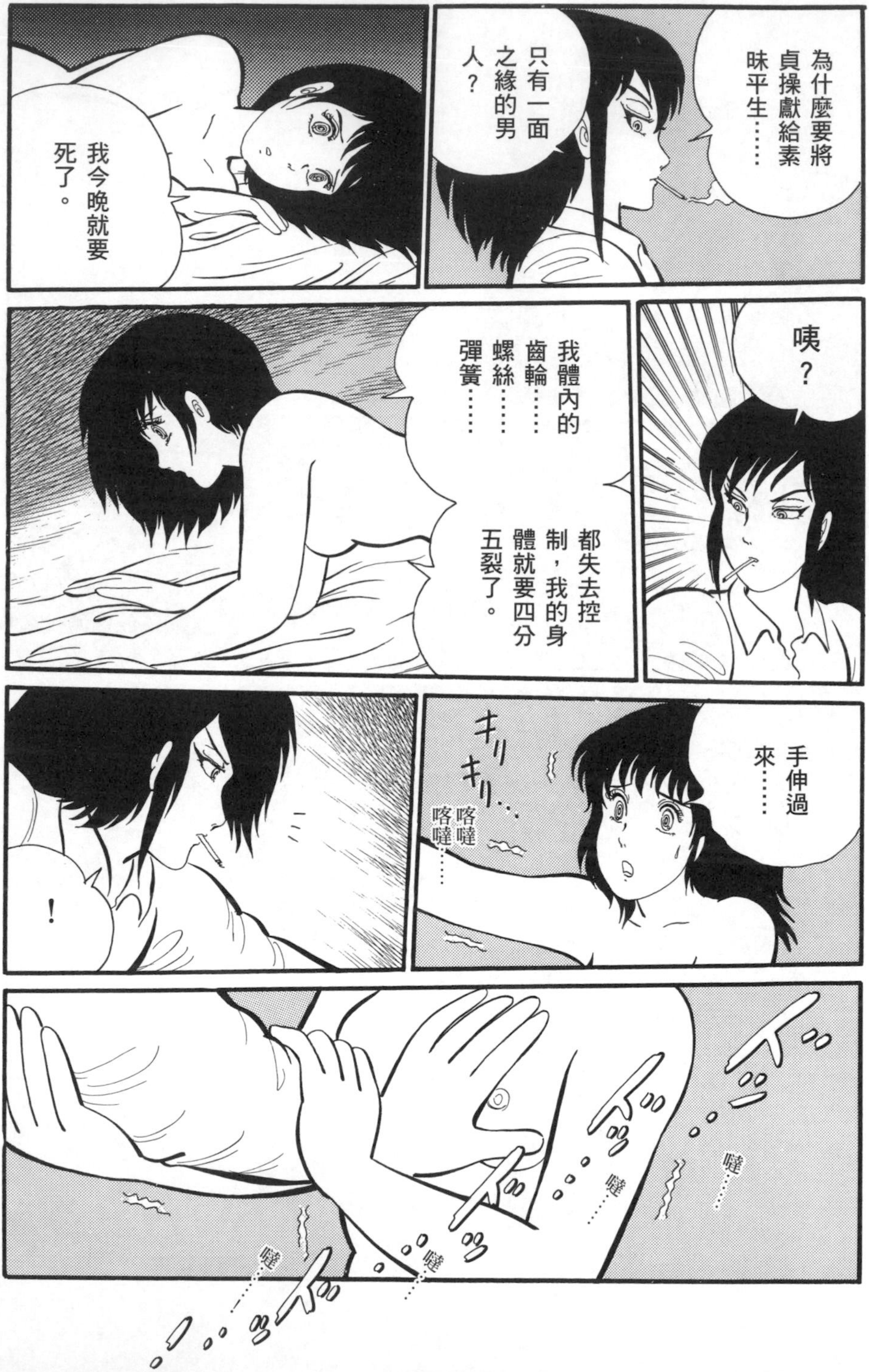
為什麼要將貞操獻給素昧平生……
只有一面之緣的男人？
我今晚就要死了。
咦？
我體內的齒輪……螺絲……彈簧……
都失去控制，我的身體就要四分五裂了。
手伸過來……
キリキリ…
喀噠喀噠……
！
噠……
噠……
噠……
噠……

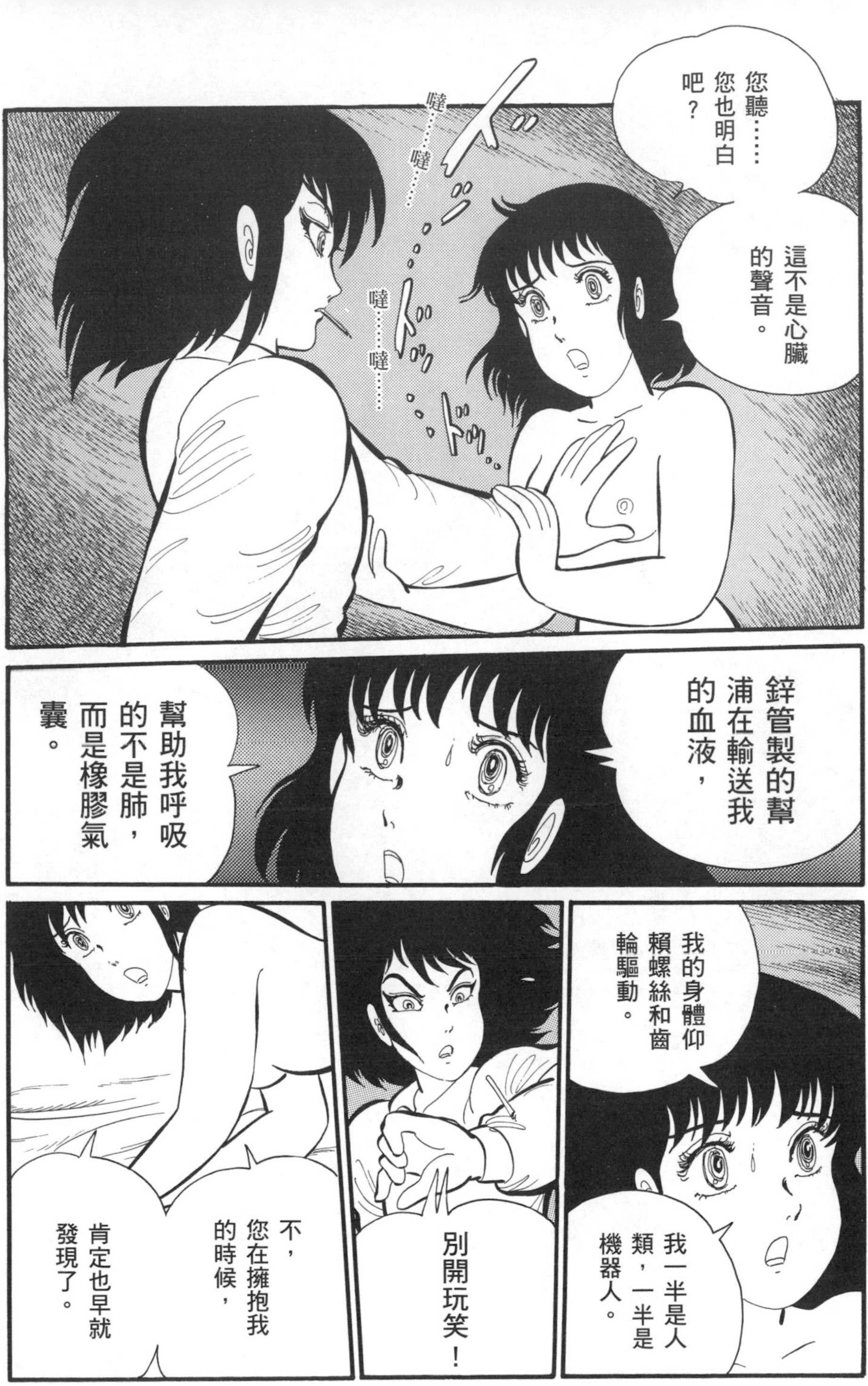
您聽……您也明白吧？
這不是心臟的聲音。
噠……噠……
噠……噠……
鋅管製的幫浦在輸送我的血液，
幫助我呼吸的不是肺，而是橡膠氣囊。
我的身體仰賴螺絲和齒輪驅動。
我一半是人類，一半是機器人。
別開玩笑！
不，您在擁抱我的時候，
肯定也早就發現了。

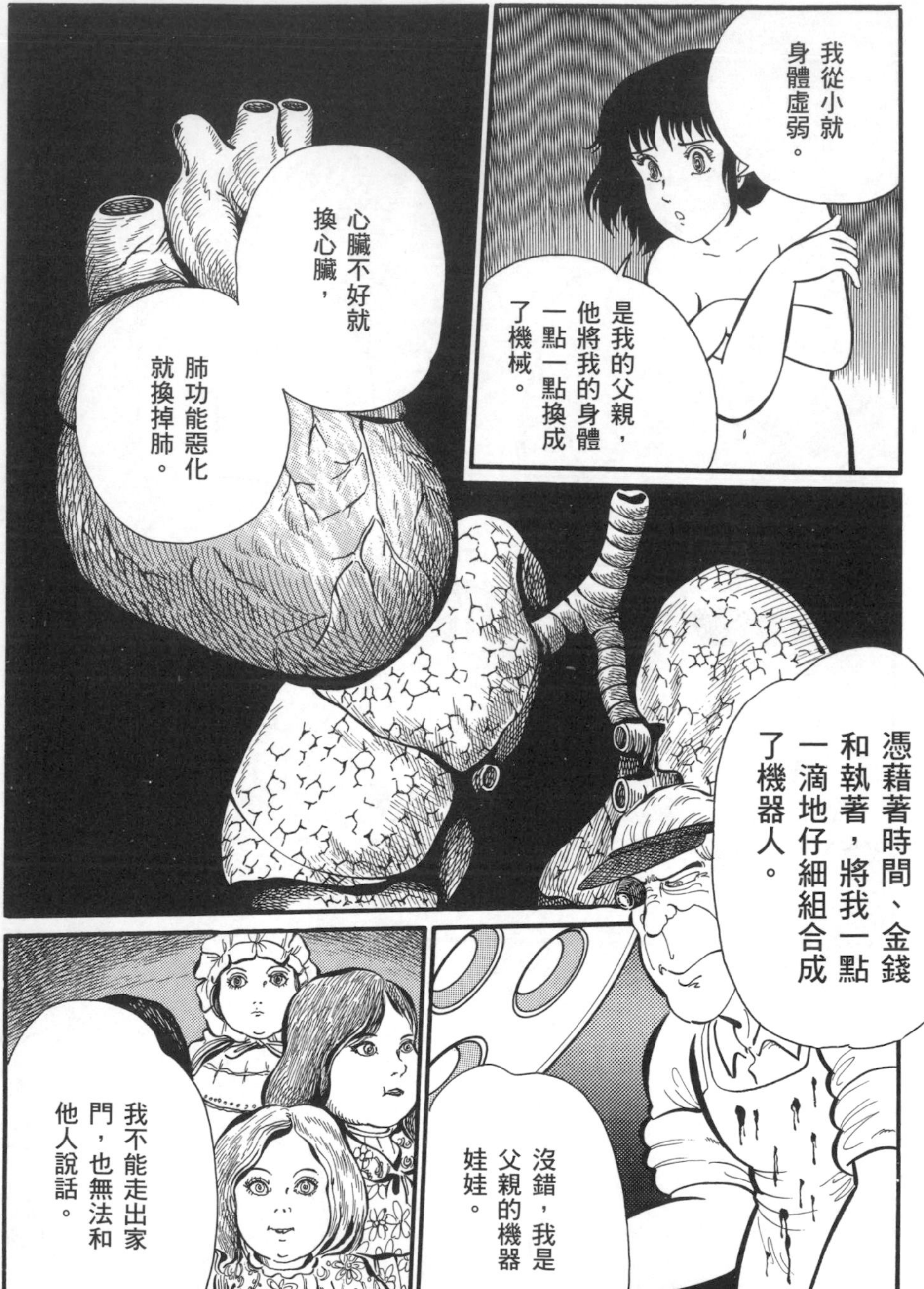
我從小就身體虛弱。
是我的父親，他將我的身體一點一點換成了機械。
心臟不好就換心臟，
肺功能惡化就換掉肺。
憑藉著時間、金錢和執著，將我一點一滴地仔細組合成了機器人。
沒錯，我是父親的機器娃娃。
我不能走出家門，也無法和他人說話。

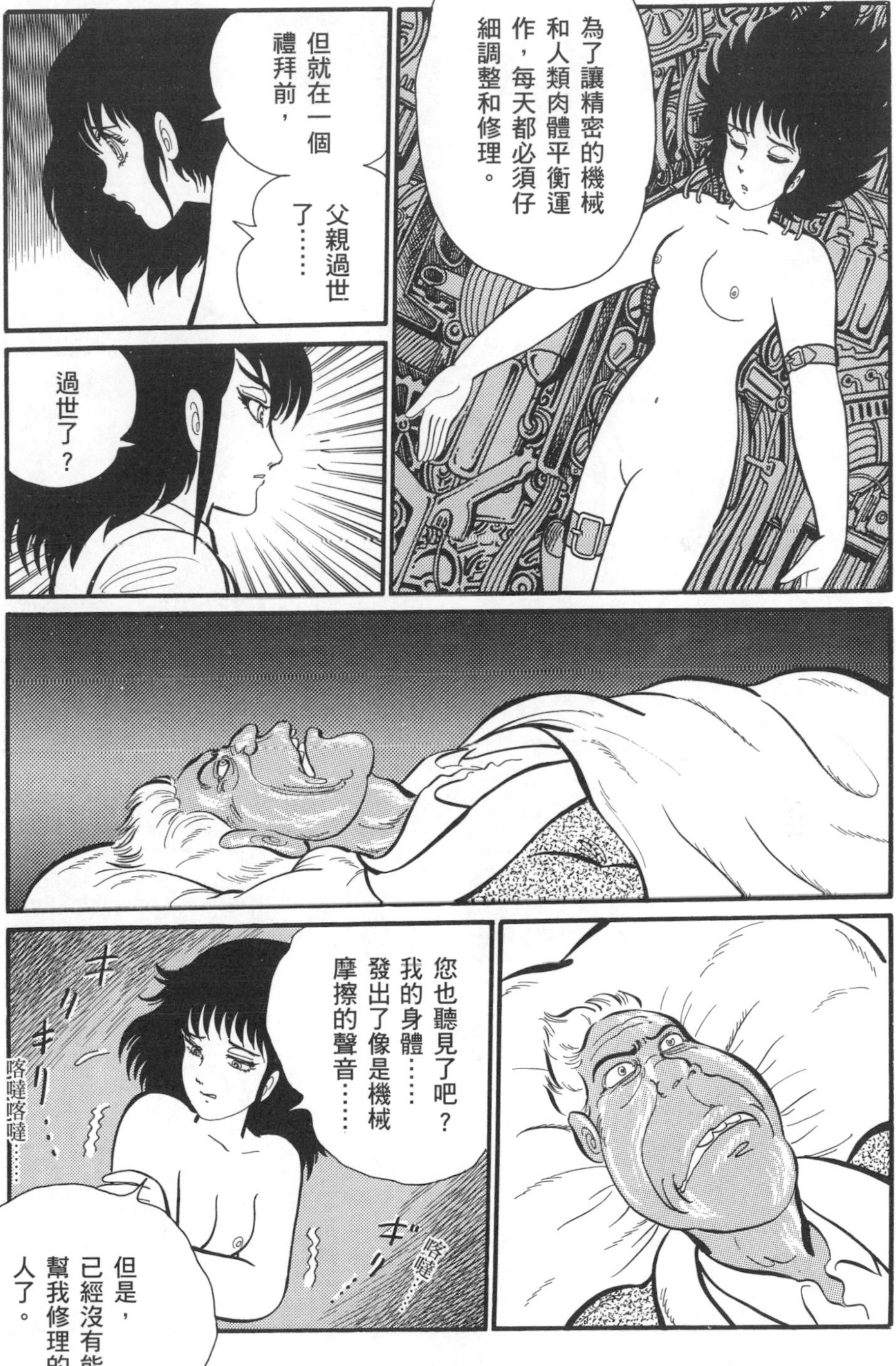
為了讓精密的機械和人類肉體平衡運作，每天都必須仔細調整和修理。
但就在一個禮拜前，
父親過世了……
過世了？
您也聽見了吧？我的身體……發出了像是機械摩擦的聲音……
キリキリ…
喀噠喀噠……
ギリ…
喀噠……
但是，已經沒有能幫我修理的人了。

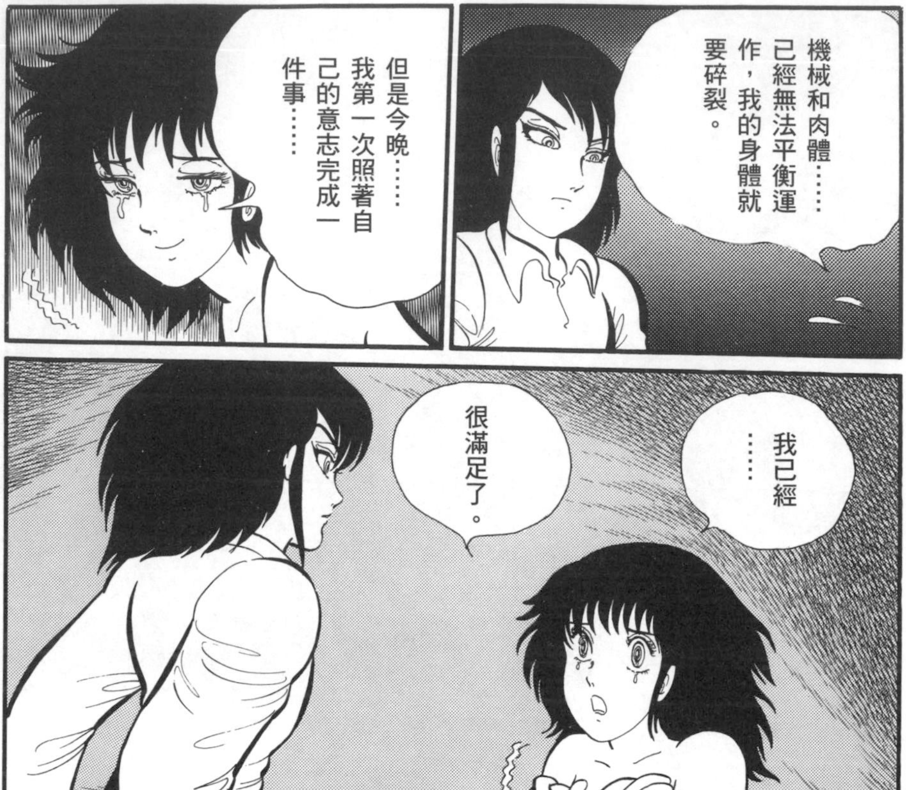
機械和肉體……已經無法平衡運作，我的身體就要碎裂。
但是今晚……我第一次照著自己的意志完成一件事……
我已經……
很滿足了。
ギィ
嘰……
唔!!
ギギ
嘰……
別靠過來!!
!
不要看我……!
閉上眼睛!!

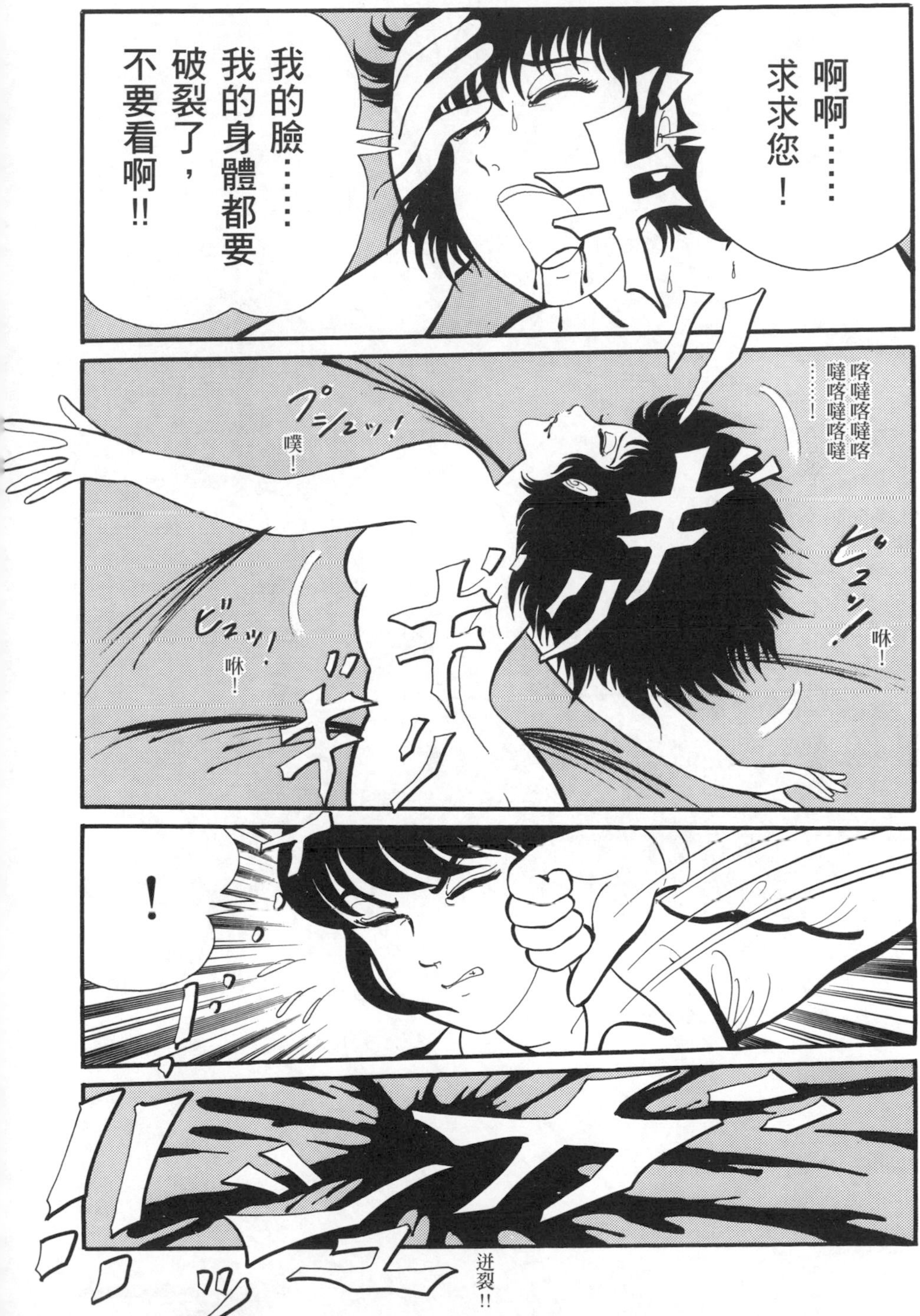
啊啊……求求您！
我的臉……我的身體都要破裂了，不要看啊!!
喀嗞喀嗞喀嗞喀嗞喀嗞……！
ビュッ！
咻！
プシュッ！
噗！
ビュッ！
咻！
！
迸裂!!

霹哩啪拉霹哩!!

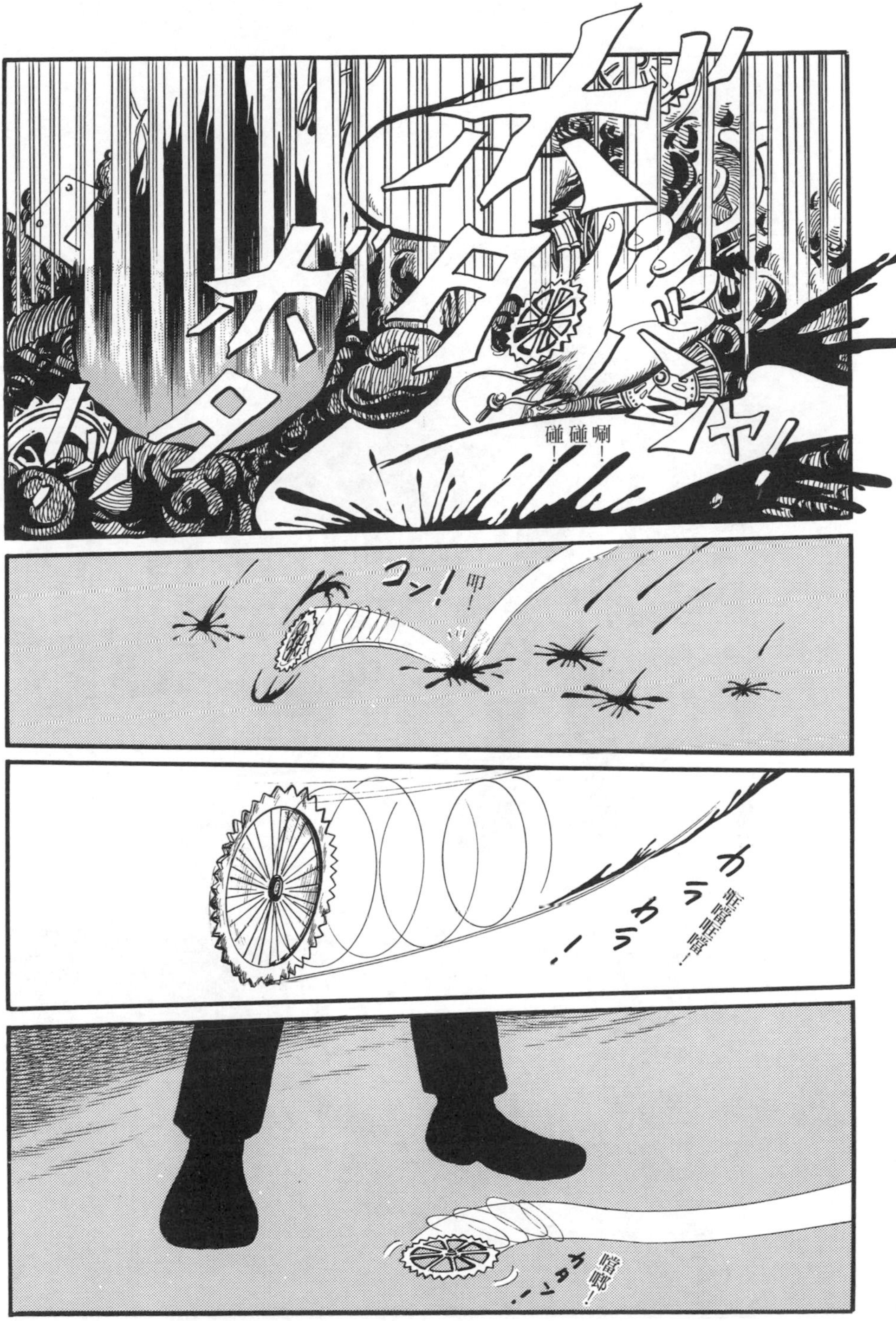
碰！碰！唰！
コン！
叩！
カラカラ！
匡噹匡噹！
カタン！
噹啷！

〔機器娃娃〕終

第十四夜　煙火

吉岡的妹妹掉進水裡時，似乎看見了煙火。

她說在一片漆黑的腦海中，眼前突然綻放出鮮豔美麗的煙火。

由於她很快就被救上岸，生命並無大礙。
但在那之後，她整個人好像被什麼東西附身。

她的身體變得很虛弱，越來越常整天躺在床上。
哥，今天白天我躺在床上的時候啊，
不知道從哪裡傳來了喧笑聲。
是許多人的聲音，聽起來很開心的樣子。
我疑惑著聲音是從哪裡來的，拚命尋找。
最後我終於找到了。

是從這個壺發出來的喔。
我走到庭院外廊，窺看壺內，不可思議的是，明明外頭的陽光明亮不已，壺內卻是一片漆黑。
我看見了煙火喔……煙火綻放的光芒在壺內閃爍。

最後她甚至還說出了這樣奇妙的話。

而因為身體日漸虛弱，吉岡決定讓妹妹住進醫院。

喔？
是煙火的幽靈。

您是來探望我的嗎？
是的。
因為時間太晚，我被趕出來了。
哎呀，真是抱歉，
好香呀……

我覺得身體輕鬆很多，就偷偷跑出醫院。
雖然哥哥試圖阻止我。
煙火真美……

那不是陽間的煙火。
啊，您看，竟然有這麼多人聚集在那種地方。

既然在欣賞煙火的幽靈，那些人應該也是亡者吧。
但是他們看起來很開心的樣子，您看，他們都在笑呢。

我也必須早點過去了。
請幫我向哥哥打聲招呼。
好的。

隔天，我再次前往醫院探病。如我所料，她已經過世了。

……沒想到還會有被煙火附身這種事啊。
這麼說來，妹妹臨終時說了一些話。

哥，
煙火……
我看到煙火了。
……真美啊。
她是不是看見了煙火幽靈的幻覺呢？
是啊，畢竟沒有聲音。
那是像皮影戲一樣的東西，
明明存在，卻也不存在。
就像吸菸時會吐出煙，火焰熄滅後會留下氣味，人死後也會殘留一些什麼。

就拿那戶
人家來說
……
那屋子很久以前發生
過命案，死的是女主
人和她的情夫。
是男主人動的手，他
將他們倆大卸八塊。

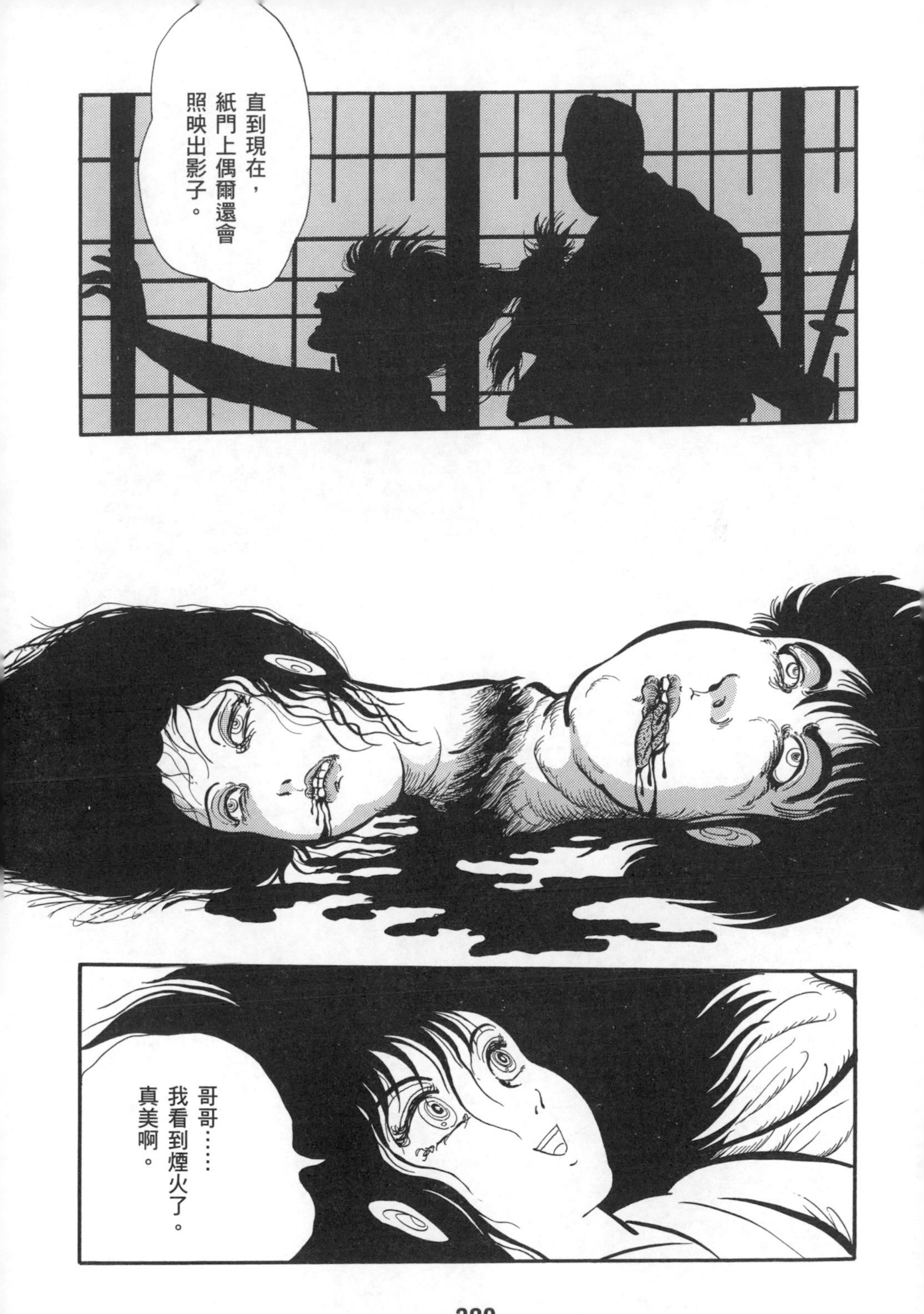
直到現在，紙門上偶爾還會照映出影子。
哥哥……我看到煙火了。真美啊。

沒看見呢……我果然看不到嗎？
再靠過來我這邊一點，這樣你就看得到了。
噢……

嗯，出現了出現了。真的好美啊。
啊，她在笑呢。看起來很高興的樣子。
似乎真的很開心呢。

吉岡在一年後渡海前往上海，但不久便染病過世了。

雖然是傳聞，
但聽說吉岡在病床上
說了這樣的話。
啊啊……是煙火。我看見煙火了。
真美啊。
太美了……

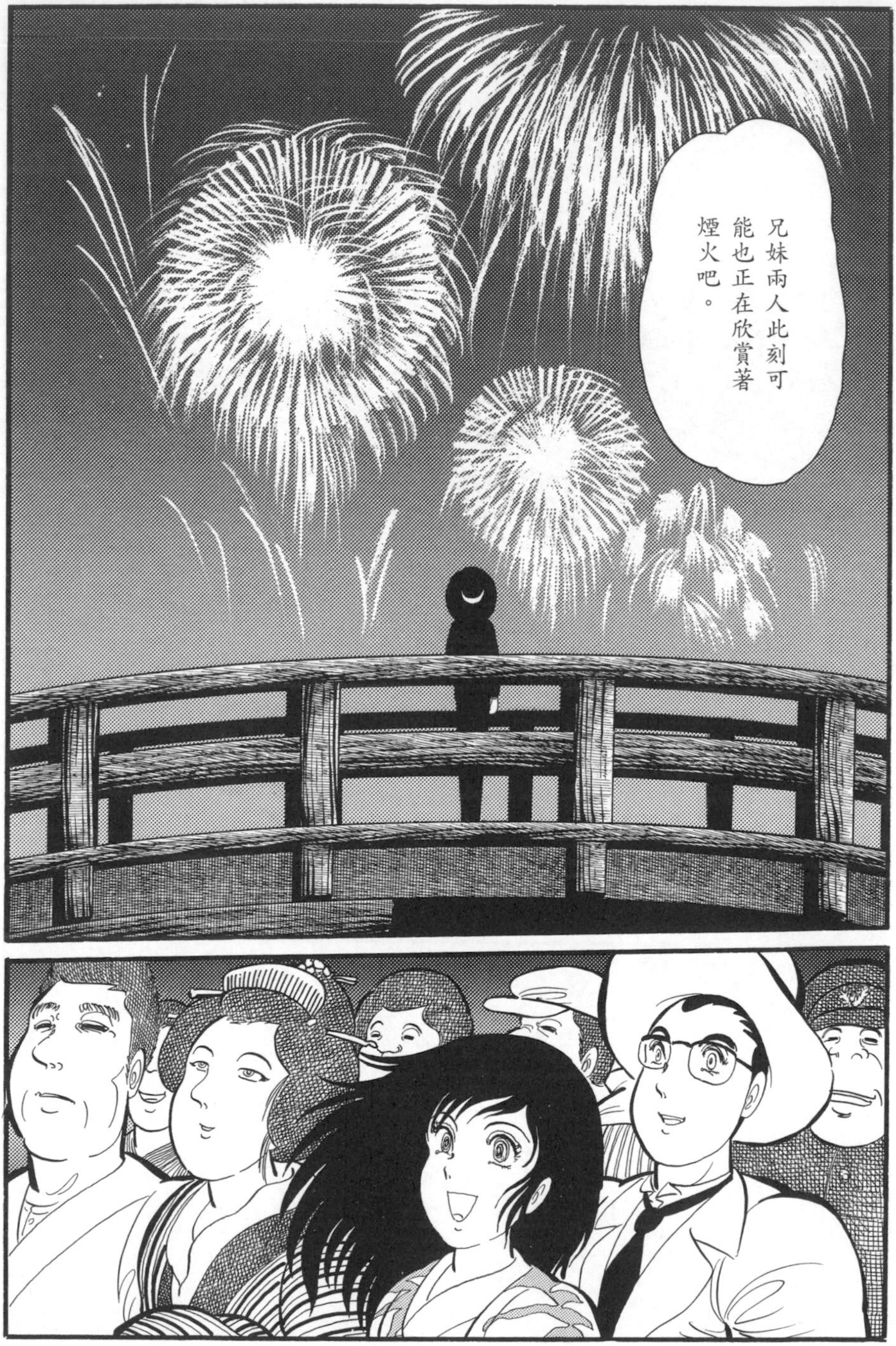
兄妹兩人此刻可能也正在欣賞著煙火吧。

〔煙火〕終

第十五夜　　鬼

啊……

你是……誰？
我怎麼了？
妳在海邊突然昏倒了。
我送妳一程吧。

我看見了幻覺。
有鬼……

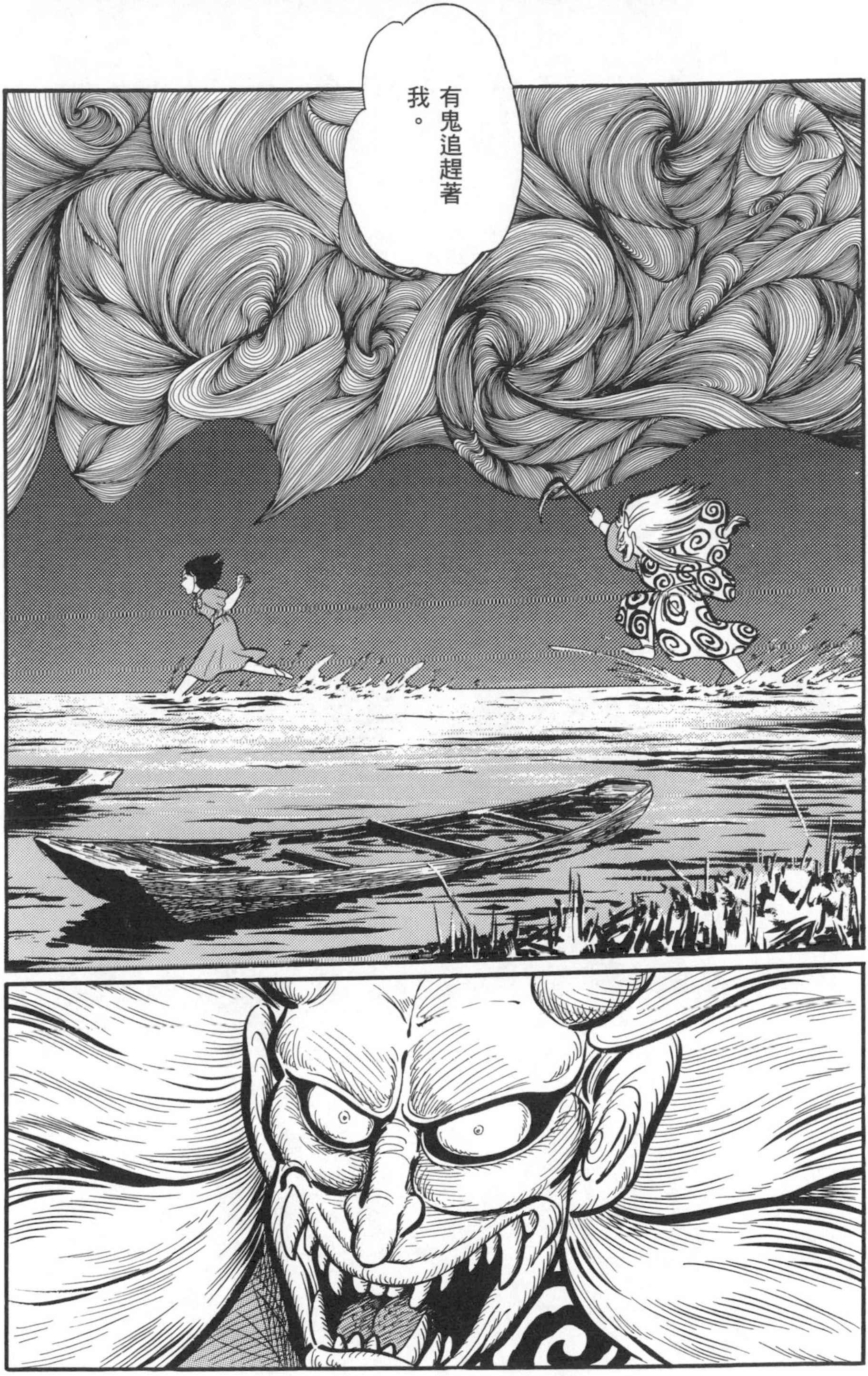
有鬼追趕著我。

它有著恐怖的面容……
我拚命奔逃，
但總是被牢牢抓住。

然後……

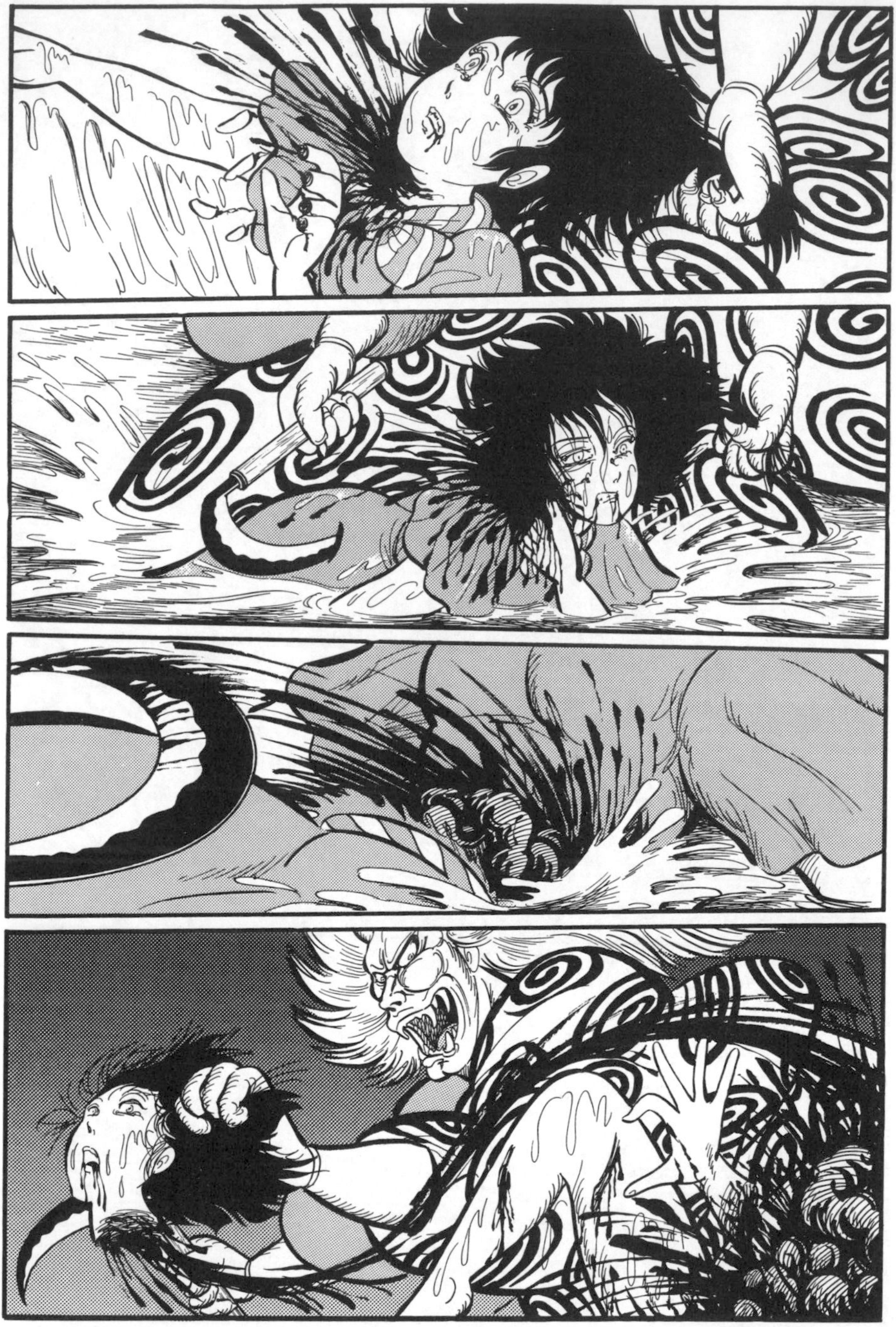

原本……
只在夜晚。只有睡覺時會夢見鬼。
到了最近，有時連大白天也會出現。
突然站起來時會眼前發黑，看見那個幻覺。
可能因為我現在的身體和一般人不一樣吧。

您有身孕了嗎？
是的。
您的丈夫什麼時候回來呢？
……夫人？

夫人……？

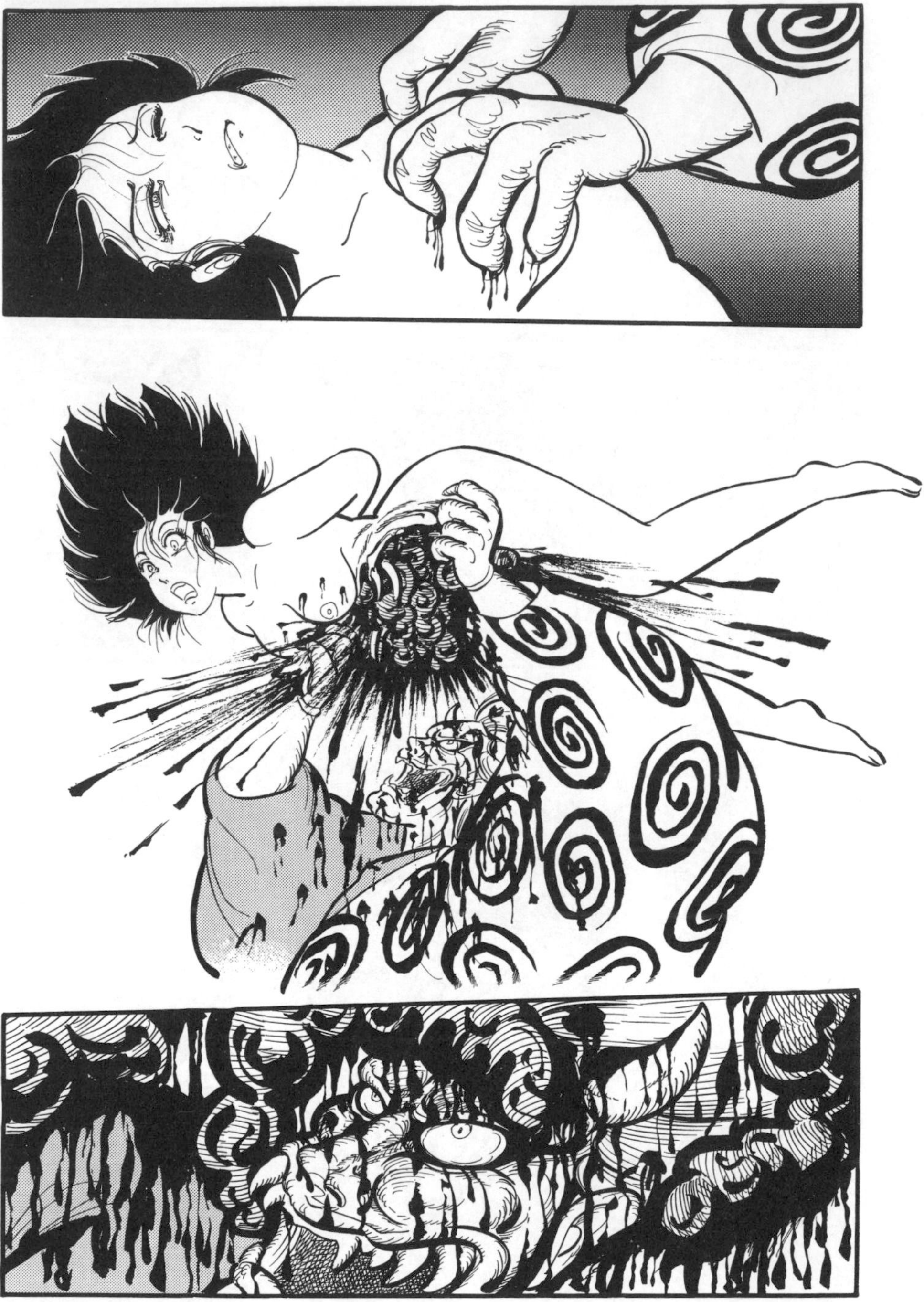

唔喔喔喔!!
啊喔喔喔!!
在哪裡!?

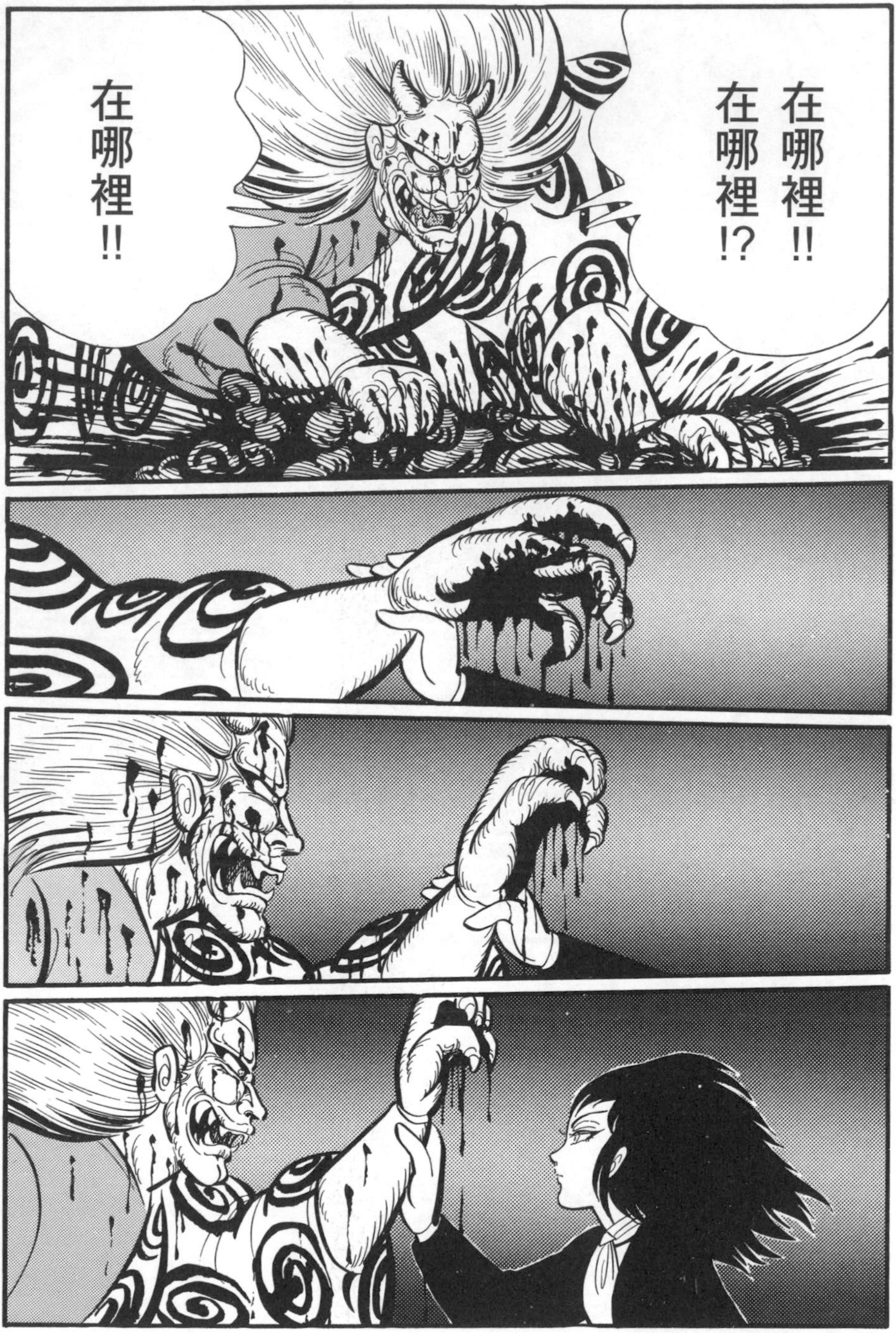
在哪裡!!
在哪裡!?
在哪裡!!

妳最好回到妳該去的地方。

乖，我會抱著妳。

!
喝！
這位女性是？

……我丈夫以前的女人。已經過世了。
不知怎麼地，我一直沒丟掉那張照片……
ビリッ……!
霹哩……

〔鬼〕終

第十六夜　蛇

前陣子啊，
我聽到了奇怪的故事。
關於蛇的故事。

服部鐘表店
服部時計店
那男人是個正派的傢伙。
和你這種花花公子截然不同喔。呵呵……哎呀，生氣啦？

但是啊，
他畢竟還是個男人。
事情發生的那天，
他像往常一樣先去一趟小老婆的住處，才回到自己家。
是啊，
他家裡有一位**明媒正娶**的妻子喔。
妻子壓根不知道
丈夫在外面有小老婆。
這也是沒辦法的事。

然後呢，
當丈夫快到家的時候，
他內心還是
有些罪惡感，
也對妻子感到
不好意思，
結果，
他內心升起了
想開個小玩笑的念頭。

他沒有從玄關進門，
而是刻意繞到院子，
內心盤算著
要嚇妻子一跳。
怎麼會做出這種
小孩子似的舉動呢？
真令人想不透。

這男人哪，
真是本性懦弱啊。
也可能是因為
他很害怕妻子吧？

……接著，
就在丈夫躲在樹蔭下
往屋子窺探時……

妻子竟直挺挺地站在
庭院的外廊上。

她雙眼無神，臉色蒼白得像死人似的。
由於過去發生過類似的事情，丈夫心想情況不妙，可能是妻子發現他外遇了。就在手足無措之時，他看見了……
ズル…
咻嚕……

ズルル…
咻嚕嚕……
ズルズル…！
咻嚕咻嚕……！

丈夫嚇得一聲也不敢吭，愣愣地待在原地。
妻子又突然掉頭回到屋內。

「這是在做夢嗎？」
「我的腦袋是不是出了問題？」
丈夫內心如此疑惑著，從玄關走進家裡。
妻子臉上掛著與平時無異的表情迎接他，沒有一絲不尋常的地方。
不過即使如此，還是難免感到不舒服。
丈夫開不了口詢問妻子剛才的事，只好迅速吃完晚飯，早早上床就寢。

當天晚上，丈夫忽然醒了過來……
……!!

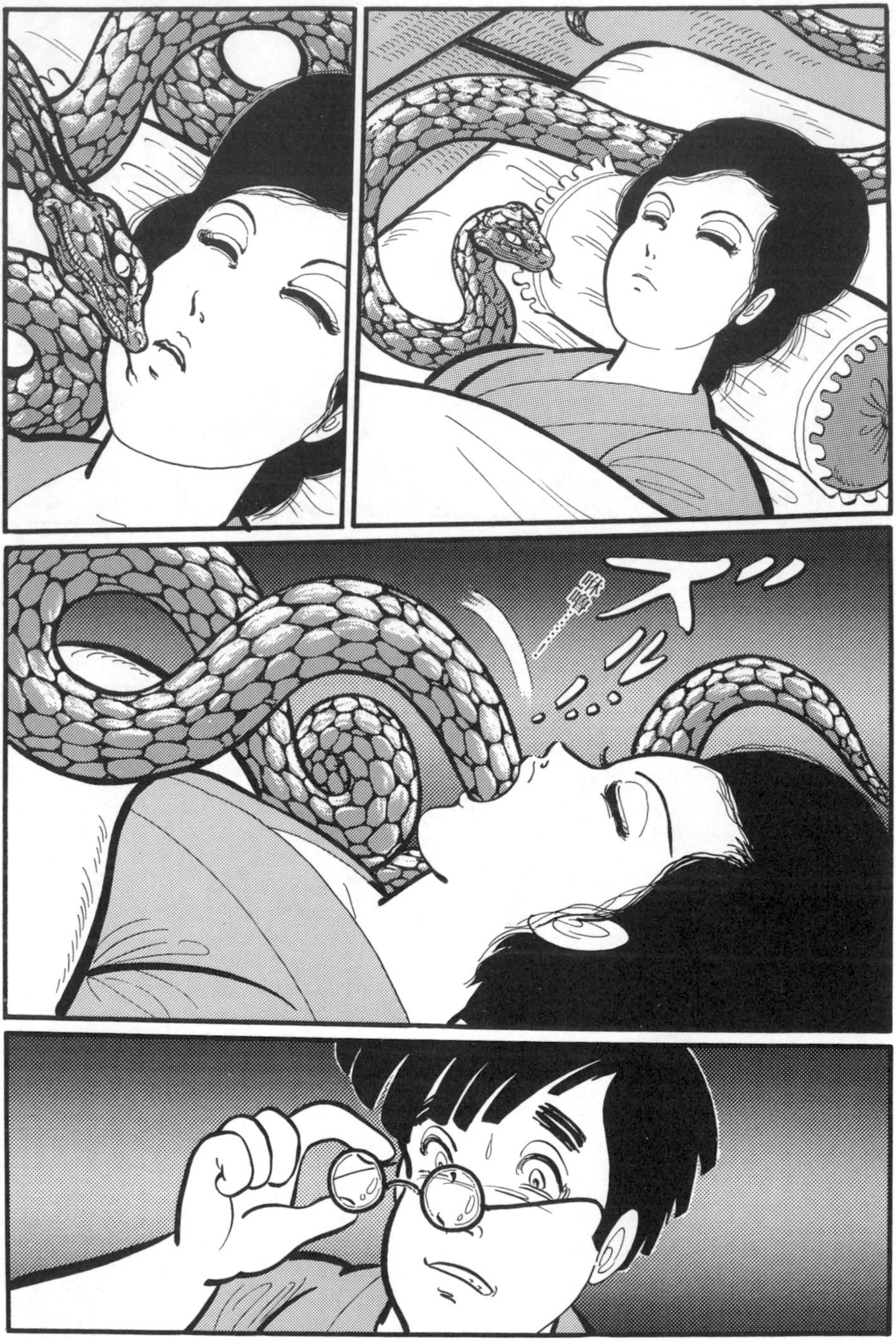
ズル…
咻嚕……—

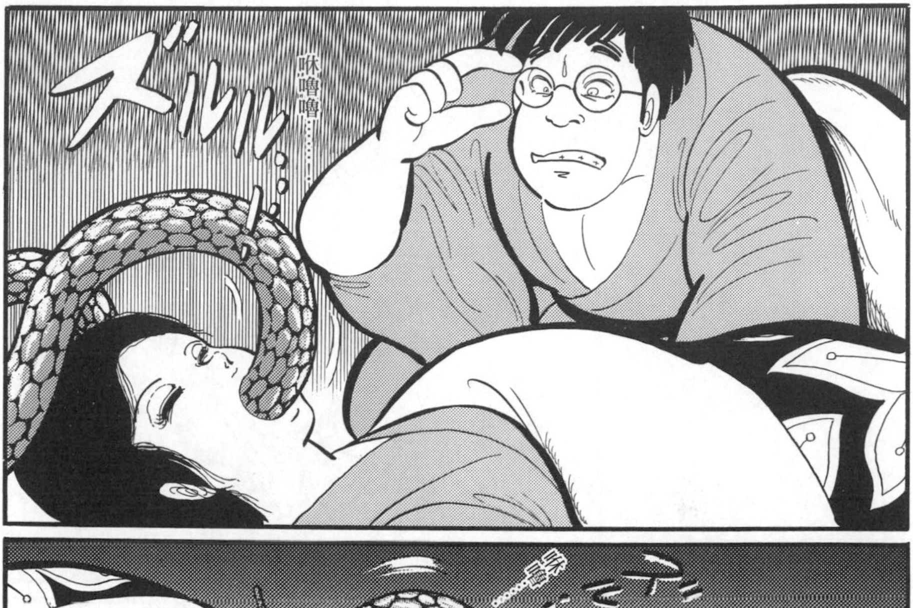

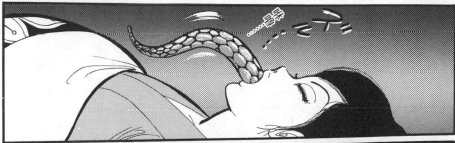

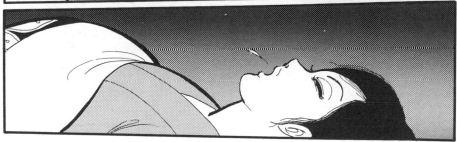

這絕不是正常之事。

丈夫下定決心，等早上一醒來，就要馬上質問妻子晚上發生的事。

然而，恐怖的部分現在才開始。

沒想到一到早上，妻子徹底揭穿了丈夫的外遇。從小老婆的名字到她住的地方，妻子全都瞭若指掌。

這之後，夫妻倆大吵一架，誰都不敢插手。

「真可惡啊！你太可惡了！啊！真丟人！」

「等等啊！等等！妳聽我解釋！」

「你這可惡的薄情郎!!」
「我都說等等了嘛!!妳聽不懂人話嗎？」
「……我要回娘家了。」

這時，丈夫突然回想了起來。
一切都是蛇做的好事。

可惡的蛇！
牠從妻子的身體裡
骨溜溜地滑出來，
絕對是跑去探聽小老婆
的事情了。
牠調查完所有情報，
趁著半夜回來，
然後向妻子告狀。
可恨的是那條蛇！

如何？很可怕吧？
一點也不。
妳從哪裡聽來的？
咦？哪裡啊？
一個認識的女孩子告訴我的。
哼。
……什麼反應？

那個丈夫養的小老婆，
難道不是妳嗎？
哎呀，討厭，才沒這回事呢。
我委身的好男人只有你啊。
怎麼可能去找其他男人呢？
是嗎？
那麼，妳稍微張開一下嘴巴。

咦？
出來吧。
給我出來。

チロ…!
嘶……!
ズ…!
嗞……!
ズル…!
咻嚕……!

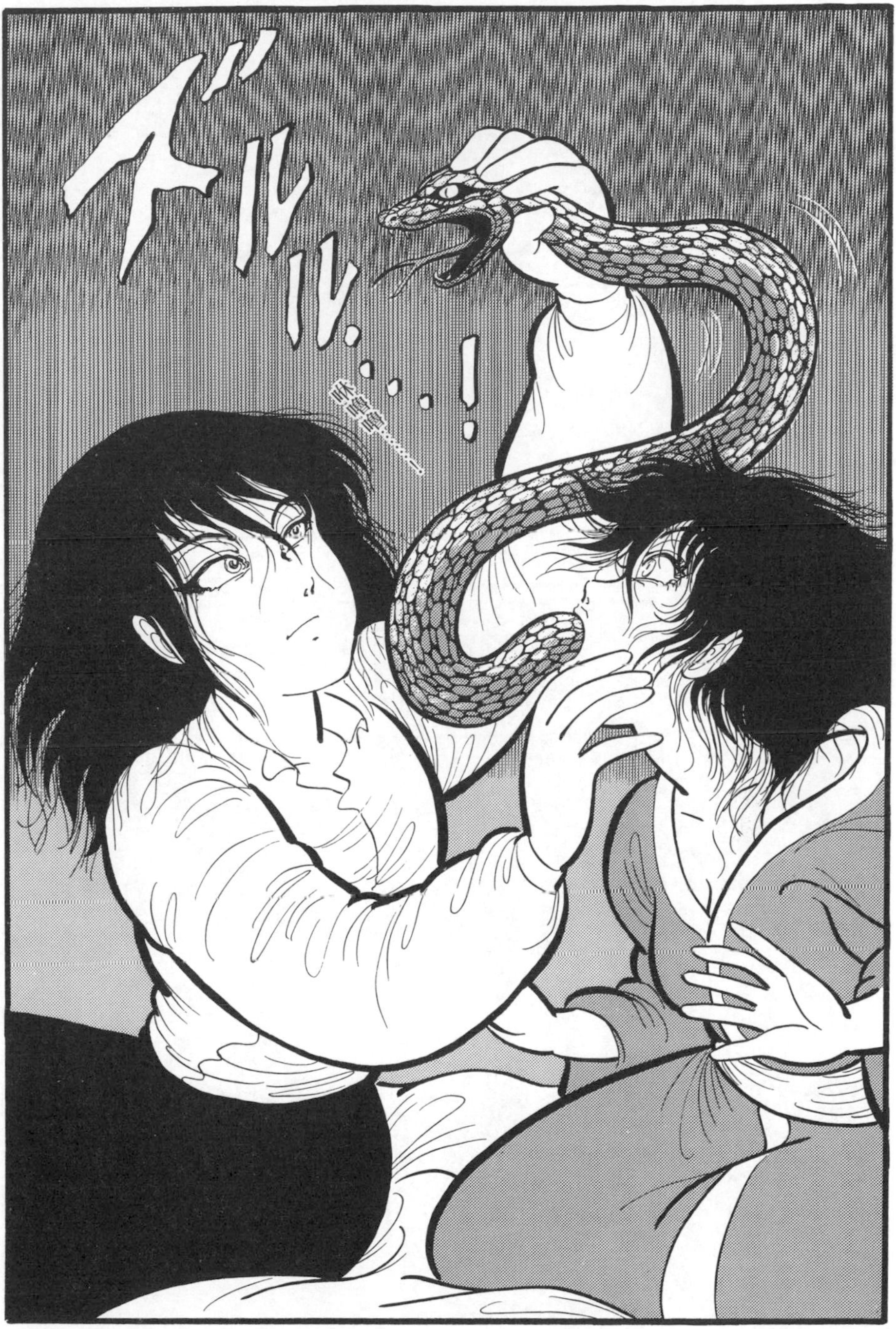
ズルルル……!
咻嚕嚕……—

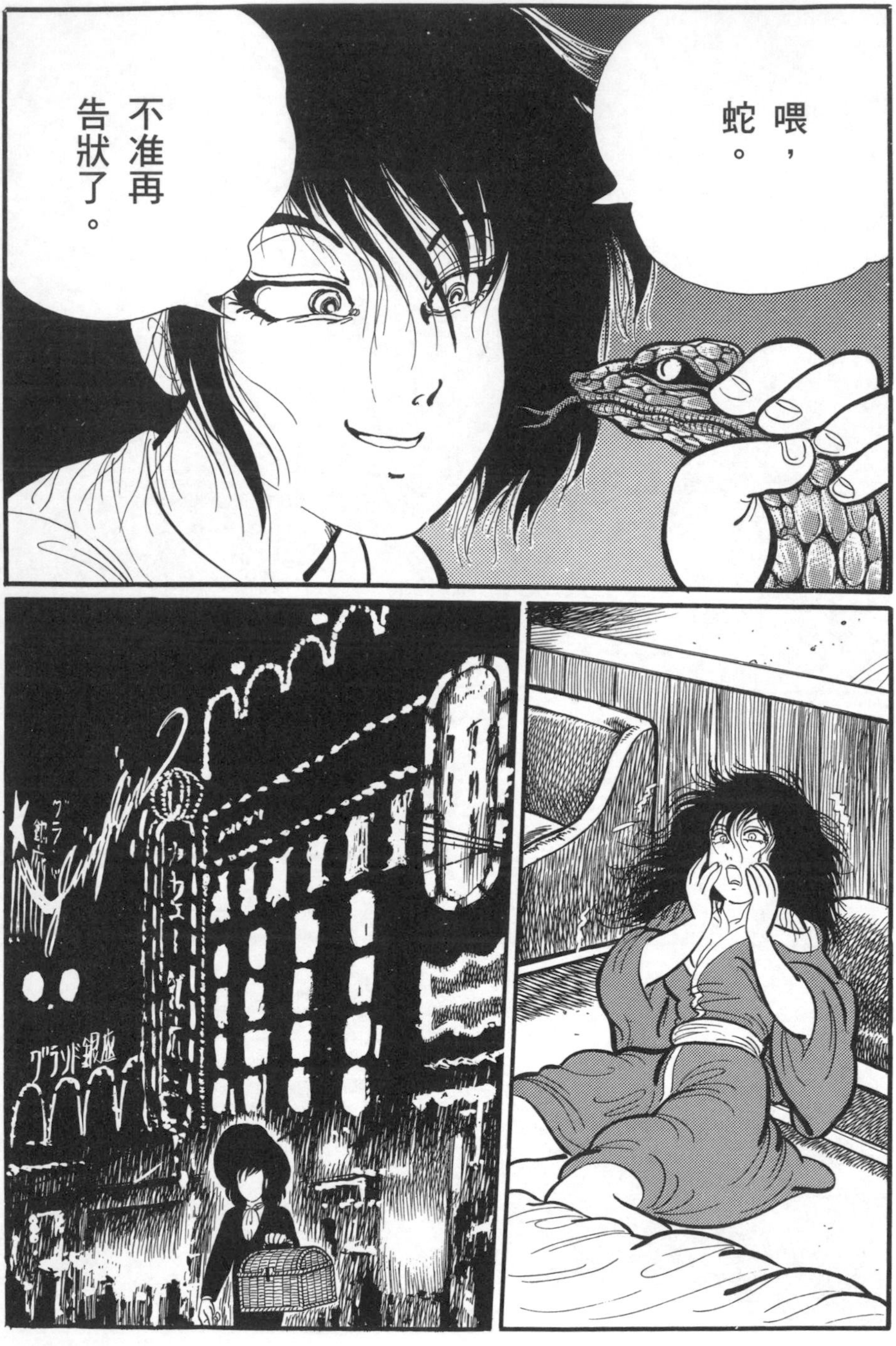
喂，蛇。
不准再告狀了。
グランド銀座

……事情辦得如何？
成功抓到了。
就在這裡面。
哼哼哼，認命吧，你這愛告狀的蛇！
我也總算放下心中的大石頭了。
我已經和那女人一刀兩斷了喔。
明天也得去妻子娘家接她回來。

希望一切順利……
不不，
我也很抱歉，讓你受到波及了。
要不要去喝一杯？
聽起來不錯啊。
來喝一杯吧。
算了，還是不要好了。哈哈哈哈哈……
Buick
BEER

〔蛇〕終

第十七夜　夜宴

客人。
這位客人，
我們要打烊了。

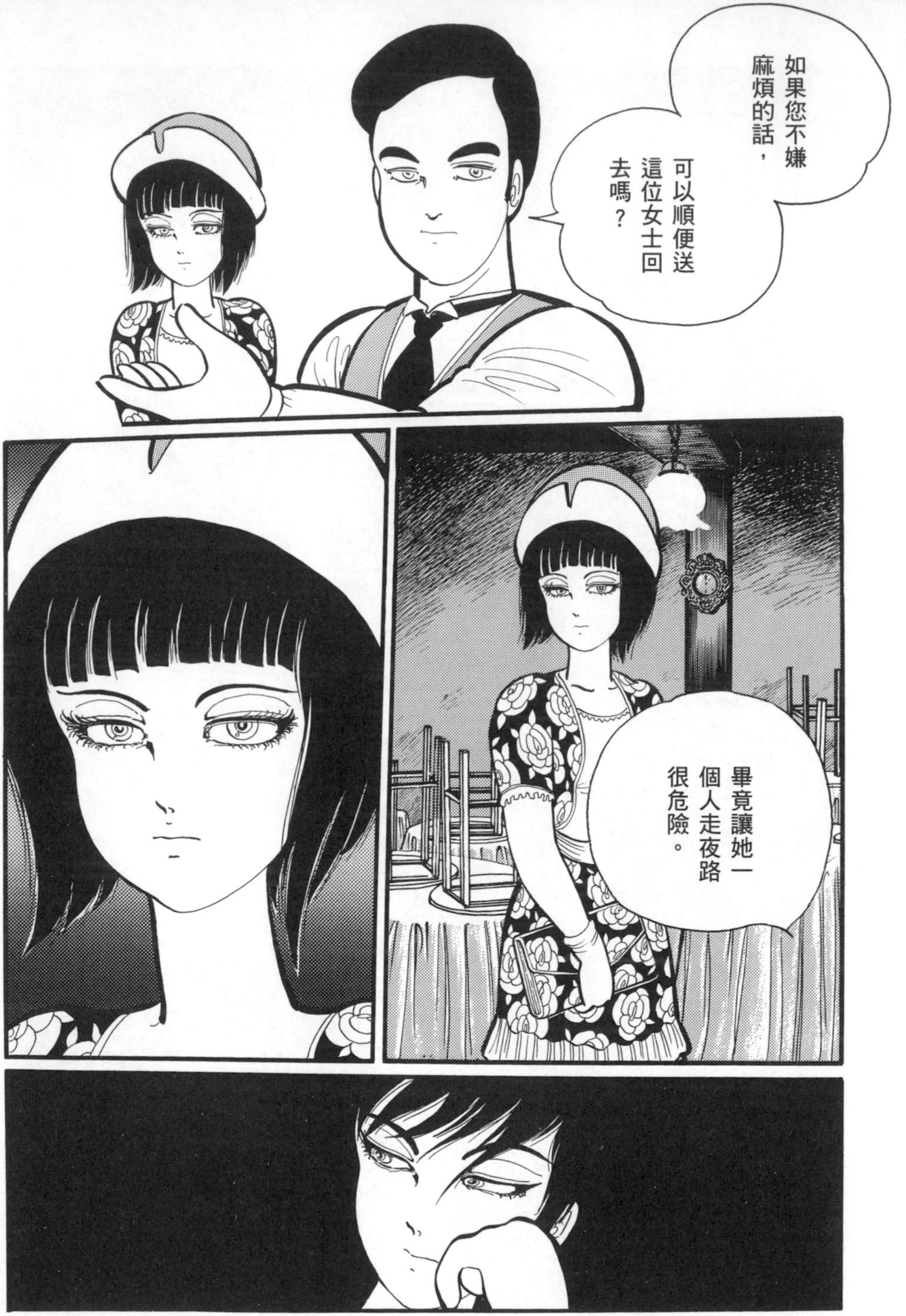
如果您不嫌麻煩的話，可以順便送這位女士回去嗎？
畢竟讓她一個人走夜路很危險。

……我還不知道你的名字。
是啊，我還沒有報上名字。
總覺得心裡不太踏實，
告訴我你的名字吧。

……好雪白的脖子，真美。
肯定與血紅色相當匹配吧。
簡直就像等著人來劃開。
……
妳會想知道要割裂妳喉嚨的男人的名字嗎？

好幾年來我一直做著相同的夢。
我夢見……
自己身處在夜晚黑暗無人的巷弄裡，
有個比夜晚還漆黑、宛如影子般的男人，
將我的喉嚨割得碎裂。

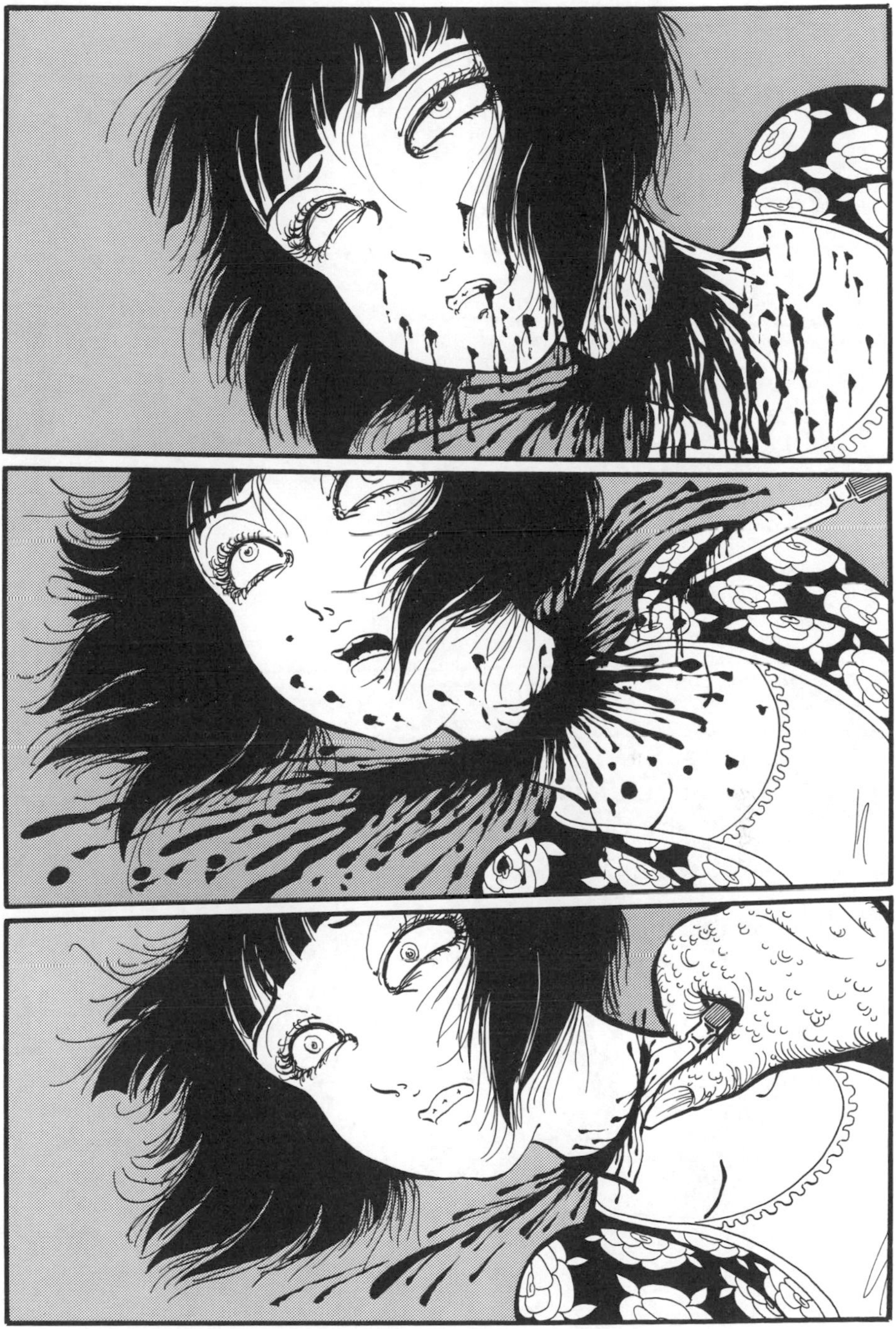

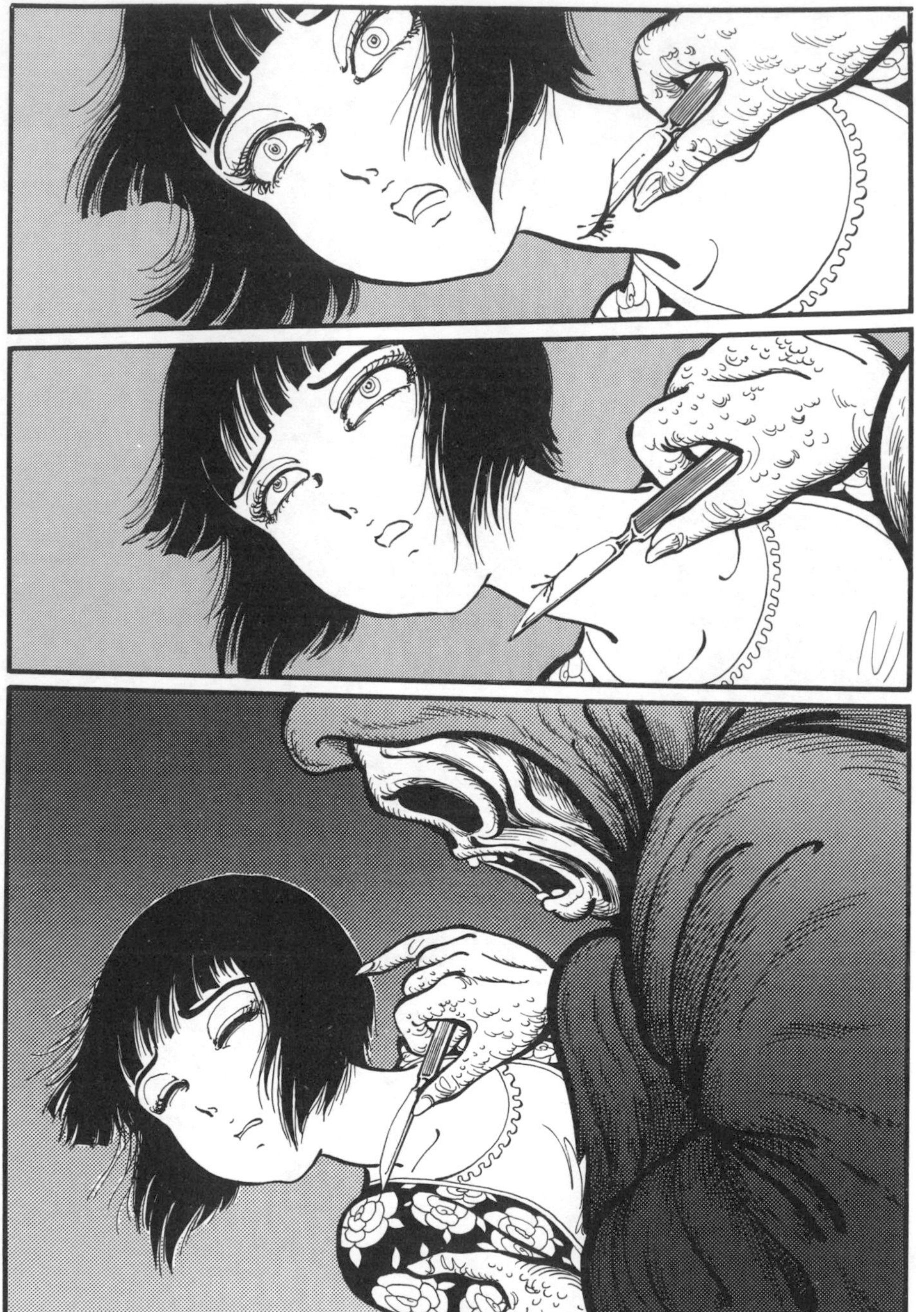

起初我非常害怕，
但漸漸地，
夢中的我，
開始抬起頭、閉上眼睛，
向男人獻上自己的咽喉。
宛如陶醉地等待親吻的新娘。

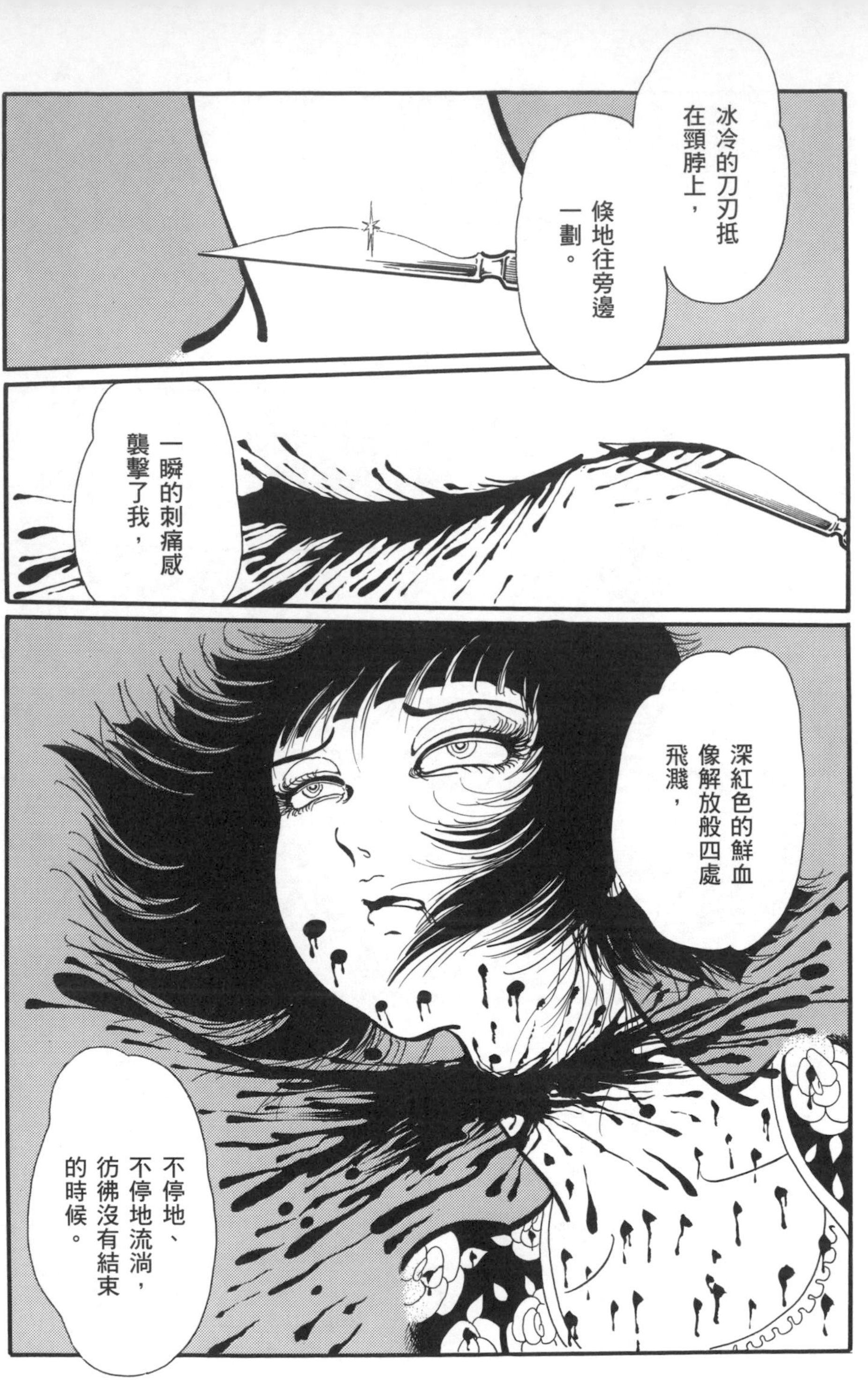
冰冷的刀刃抵在頸脖上，倏地往旁邊一劃。
一瞬的刺痛感襲擊了我，
深紅色的鮮血像解放般四處飛濺，
不停地、不停地流淌，彷彿沒有結束的時候。

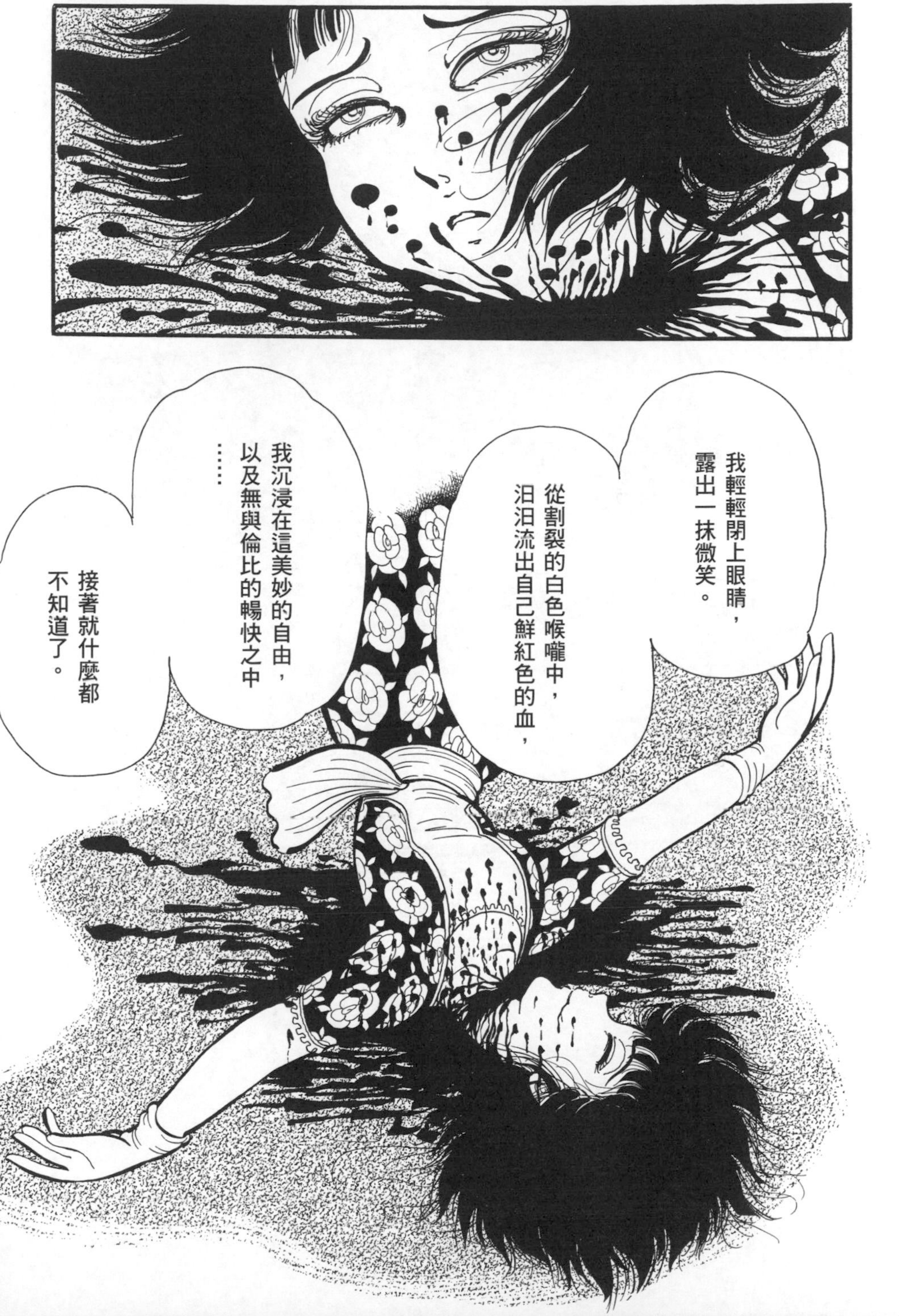
我輕輕閉上眼睛，露出一抹微笑。
從割裂的白色喉嚨中，汩汩流出自己鮮紅色的血，
我沉浸在這美妙的自由，以及無與倫比的暢快之中……
接著就什麼都不知道了。

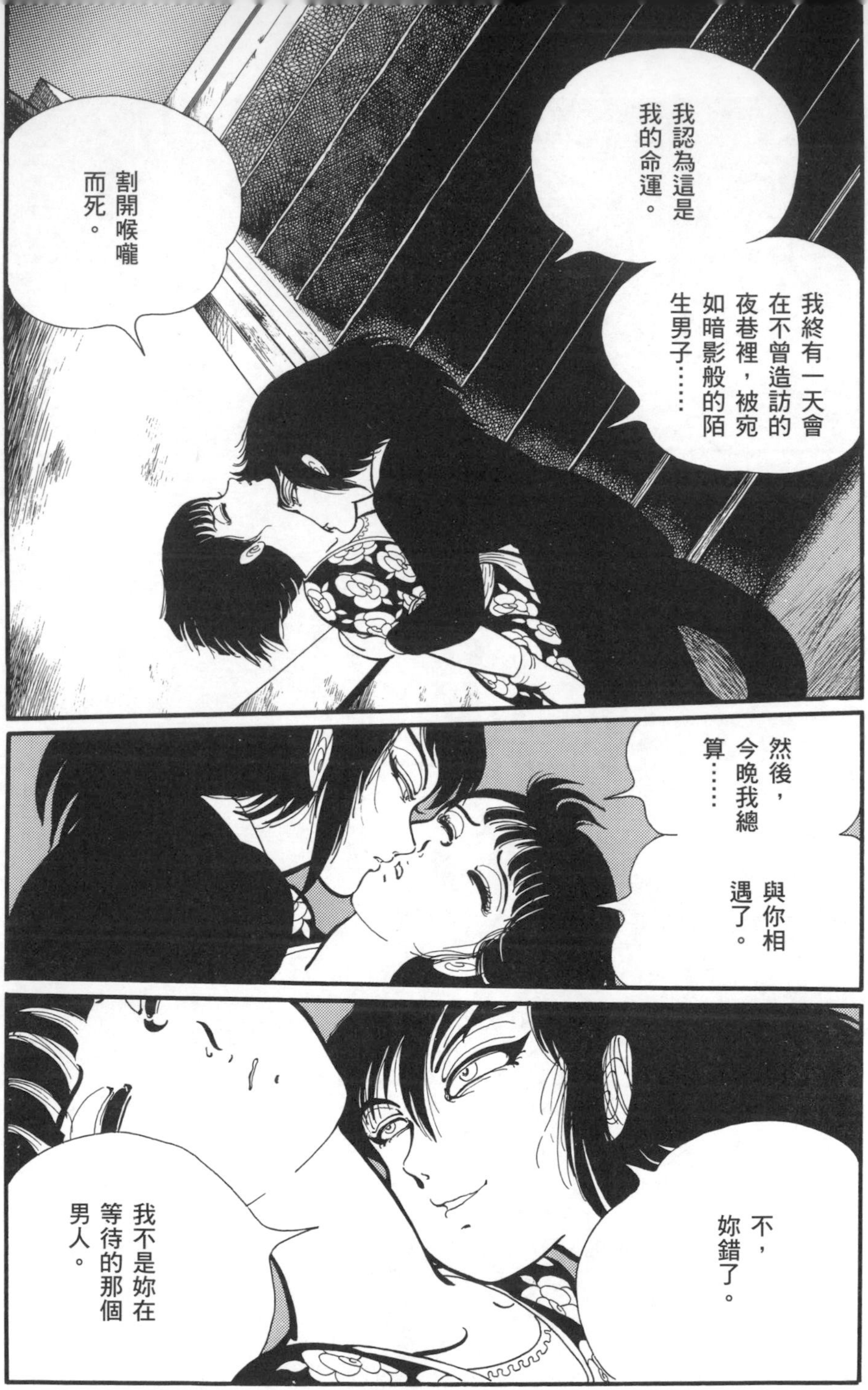
我認為這是我的命運。
我終有一天會在不曾造訪的夜巷裡，被宛如暗影般的陌生男子……
割開喉嚨而死。
然後，今晚我總算……
與你相遇了。
不，妳錯了。
我不是妳在等待的那個男人。

咦……？
我是受人委託而來。
就是那個酒吧的服務生。
JEWAR'S
White Label
WHISKY

他好幾年來都做著相同的夢。

夢見自己身處夜晚黑暗無人的巷弄，

以小刀劃開某個陌生女子雪白美麗的咽喉。

他恐懼著這難不成是自己未來的命運。
自己終有一天會在不曾造訪的夜巷裡，將陌生女子的喉嚨割得碎裂嗎？
接著在某一晚，一名女子出現在酒吧。
Old Parr
那名女子便是妳。妳美麗的咽喉和夢中一樣，宛如天鵝的脖子般雪白纖細，看起來羸弱而惹人憐愛，同時也令人忍不住想一刀割裂。

妳每晚都現身酒吧。
他實在太過害怕，便求助於我。
再這樣下去，自己會殺了那個女的。
自己一定會控制不住，痛下殺手。
怎麼會這樣……
你有什麼打算？
沒什麼打算。

我只是給了他一個忠告。
要他趁今晚離開此地。
不要告訴任何人，趕緊逃到遙遠的某處。
所以妳再也不會遇見他了。
怎麼會……
這樣一來，我該怎麼辦才好？
我接下來該怎麼做才好？
誰知道……

對我而言，我所能做的事情，
只有拯救因妳而成為殺人犯的男人而已。
之後的事情我也無能為力。
那麼，再會了。

ミュ……！
咻……！

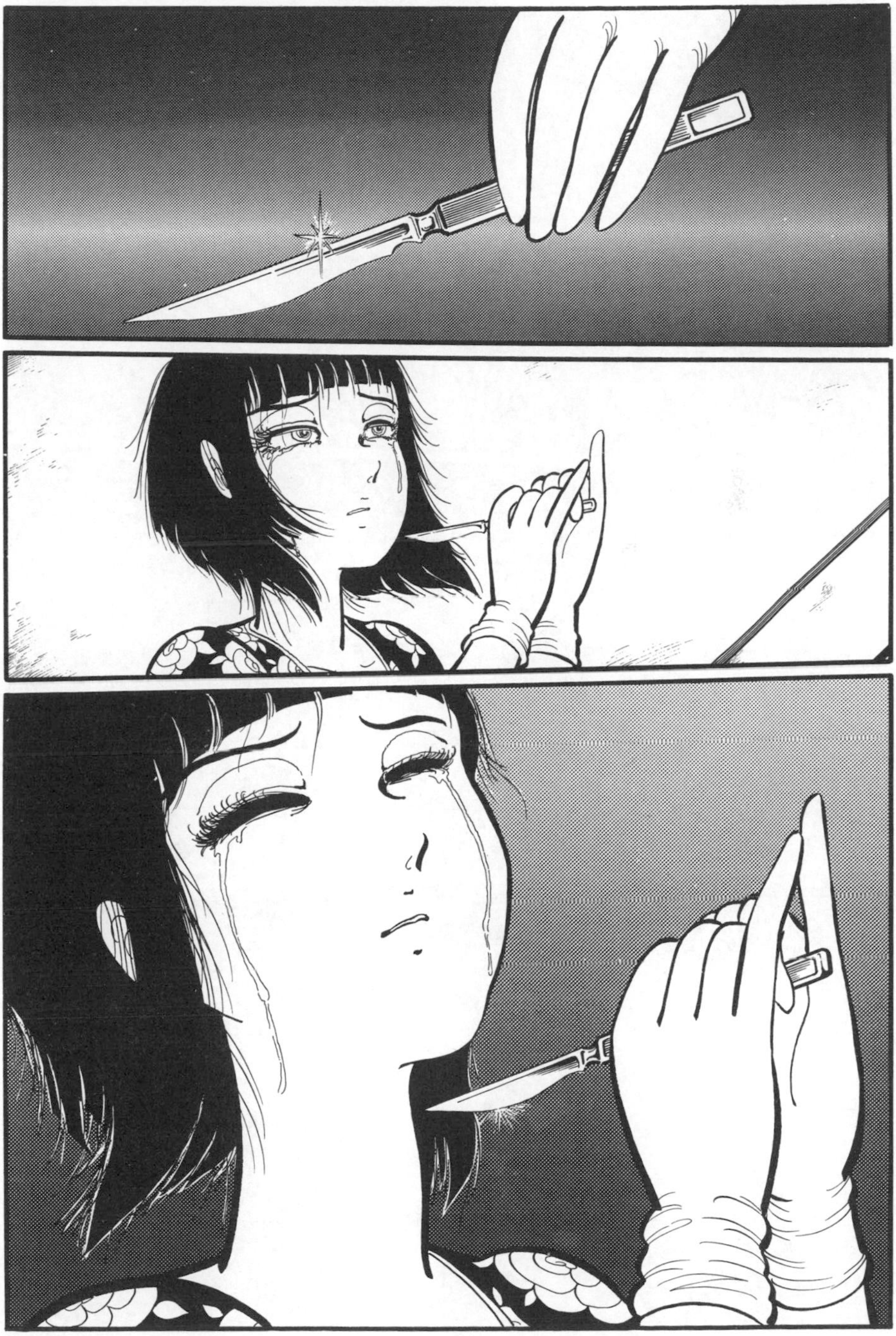

ズ…
滋……
ズズ…!
噗滋……!
ビッ!
唰!

バッ！
啪！

〔夜宴〕終

第十八夜　蝙蝠

我在從上海回來的渡輪上，看見一名唱歌的女子。

我已想不起歌曲的內容，只記得她的歌聲相當優美。
與其說她在唱歌，不如說純粹只是美妙的樂音自她的喉嚨發出，或許這樣的形容更為恰當。
奇妙的是，甲板上的乘客和船員好像都聽不見她的歌聲。
不對，應該說他們完全看不見那名女子。

似乎只有我能聽見她的歌聲、看見她的姿態。
因為會招惹麻煩，所以我決定視而不見地抽著菸。

您真是冷漠啊。
我這麼努力唱歌，可都是為了您喔。
沒想到您卻決定裝做沒看到。

您啊，
不獎勵我一下嗎？
女子朝我逼近。
她微微一笑，露出銳利的牙齒。
呼！
我朝她呼出香菸的白煙，女子瞬間就消失了。

消失了？
是啊。
只剩下一隻黑色的小小蝙蝠，慌慌張張地逃走了。
バタバタッ！
啪噠啪噠！
牠很懊悔似的，在渡輪上方繞了兩、三圈，最後從空中飛走了。

很奇妙的故事吧？
……
怎麼了嗎？
嗯，其實啊……
ズ…嗽
就在你回國的前一天晚上。
カチャ…
噹……

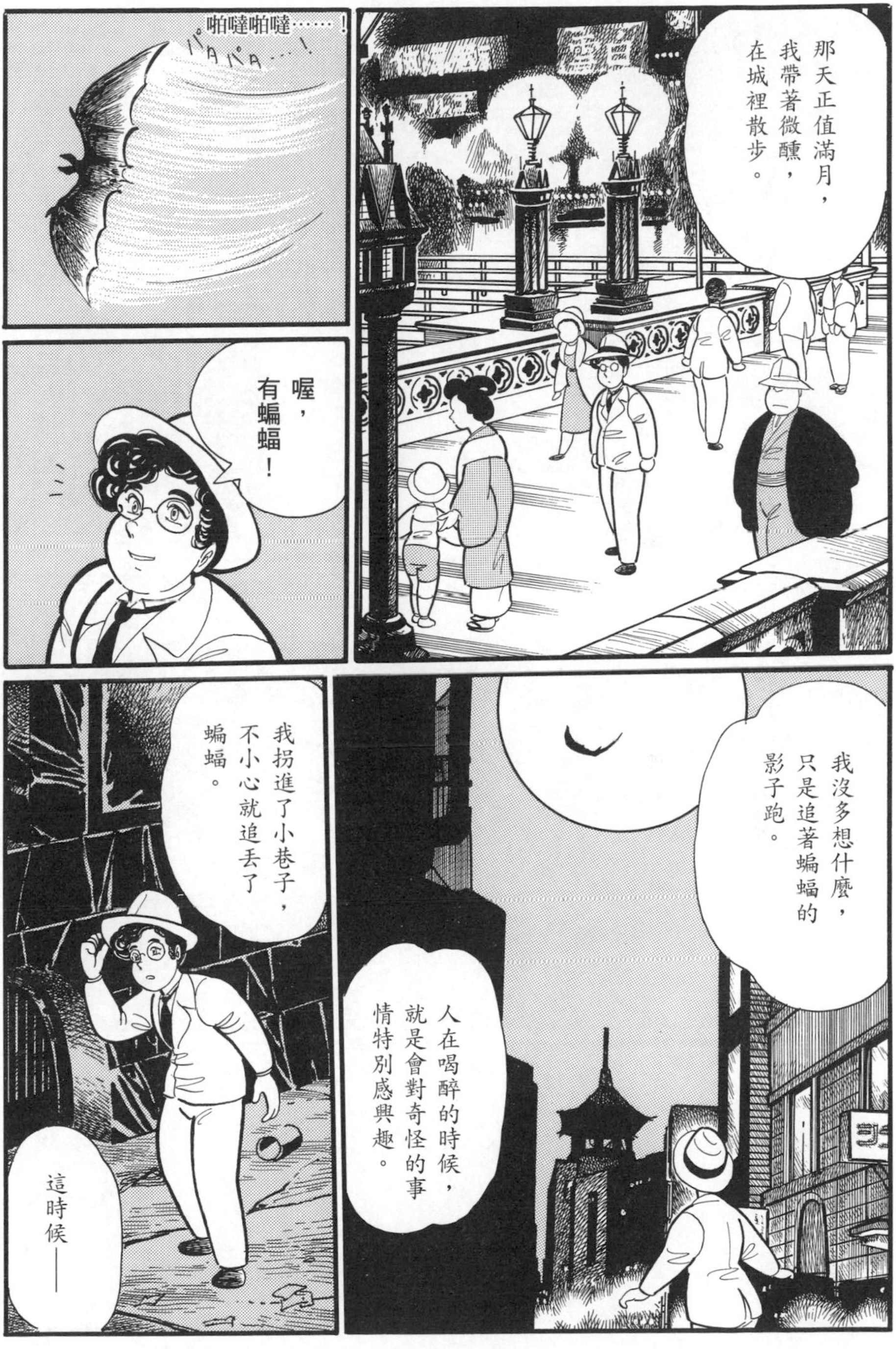
那天正值滿月，我帶著微醺，在城裡散步。
啪噠啪噠……！
喔，有蝙蝠！
我沒多想什麼，只是追著蝙蝠的影子跑。
人在喝醉的時候，就是會對奇怪的事情特別感興趣。
我拐進了小巷子，不小心就追丟了蝙蝠。
這時候——

我看見有名女子在唱歌。
她的歌聲相當美妙，歌詞卻讓人無法參透。
真要形容的話，她純粹只是發出優美的樂音。

女子走近我，開口問道：
……你認識夢幻魔實也吧？
是的，我認識他。
他去旅行了，預計明天回國。
我知道啊。

我想和他見一面。
我有怨言要向他傾訴呢。
怨言？
那男人真的很過分。
他假意對我有好感，故意做一些小動作，
沒想到到了關鍵時刻，卻轉頭咬了我一口。
實在是太可惡了。
哈哈……沒辦法，他就是那種男人啊。
他沒有惡意的。
就算真是如此，還是無法消除我的怨氣。
我想拜託你一件事。
那男人回來後，你可以帶他來找我嗎？

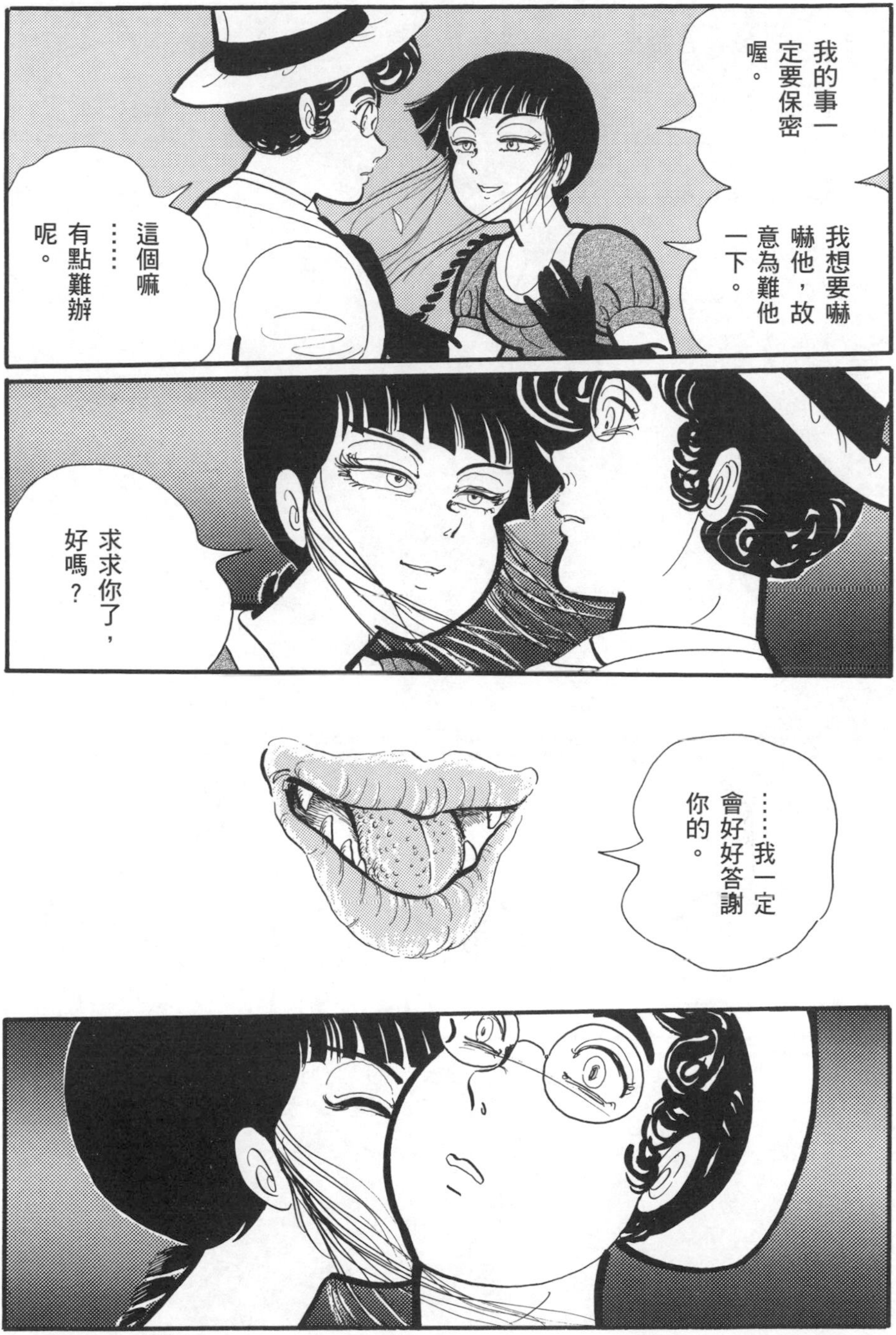
我的事一定要保密喔。
我想要嚇嚇他，故意為難他一下。
這個嘛……有點難辦呢。
求求你了，好嗎？
……我一定會好好答謝你的。

那是一個甜美到讓腦袋都要麻痺的吻。
恍恍惚惚之中，我答應了女子帶你去見她。
隔天早上我照鏡子時……出現了這個。
グイッ！
唰！
……

就是這裡。
我們約好在這座公園見面。
都是我的緣故，害得你也捲入了麻煩。
抱歉啊。
你也別說些違心之論了。
明明一臉覺得好玩，藏都藏不住呢。

別生氣。
我當然生氣。
出現了，
是她。

……你帶那男人過來了嗎？
我們約好的。
當然，妳看，就在這裡……
咦？
那男人在哪裡？
不是啊……他剛才明明在這裡——
你這傢伙，真是一點也不可靠。
算了，沒關係。
相信你這種人是我的錯。
!!

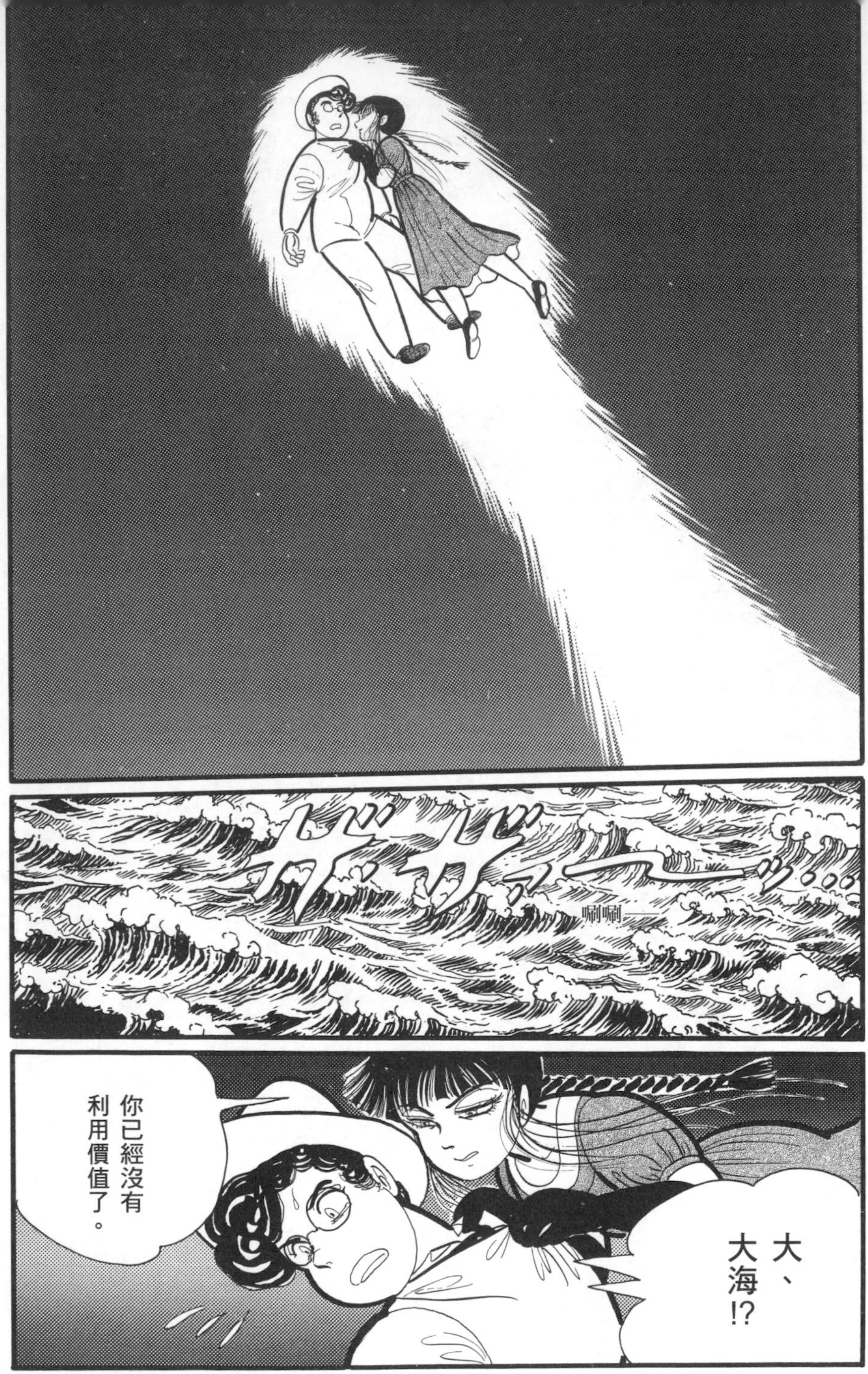
ザザァ——ッ…
唰唰——
大、大海!?
你已經沒有利用價值了。

這沒用的東西!!
給我……去死吧！
哇啊啊!!

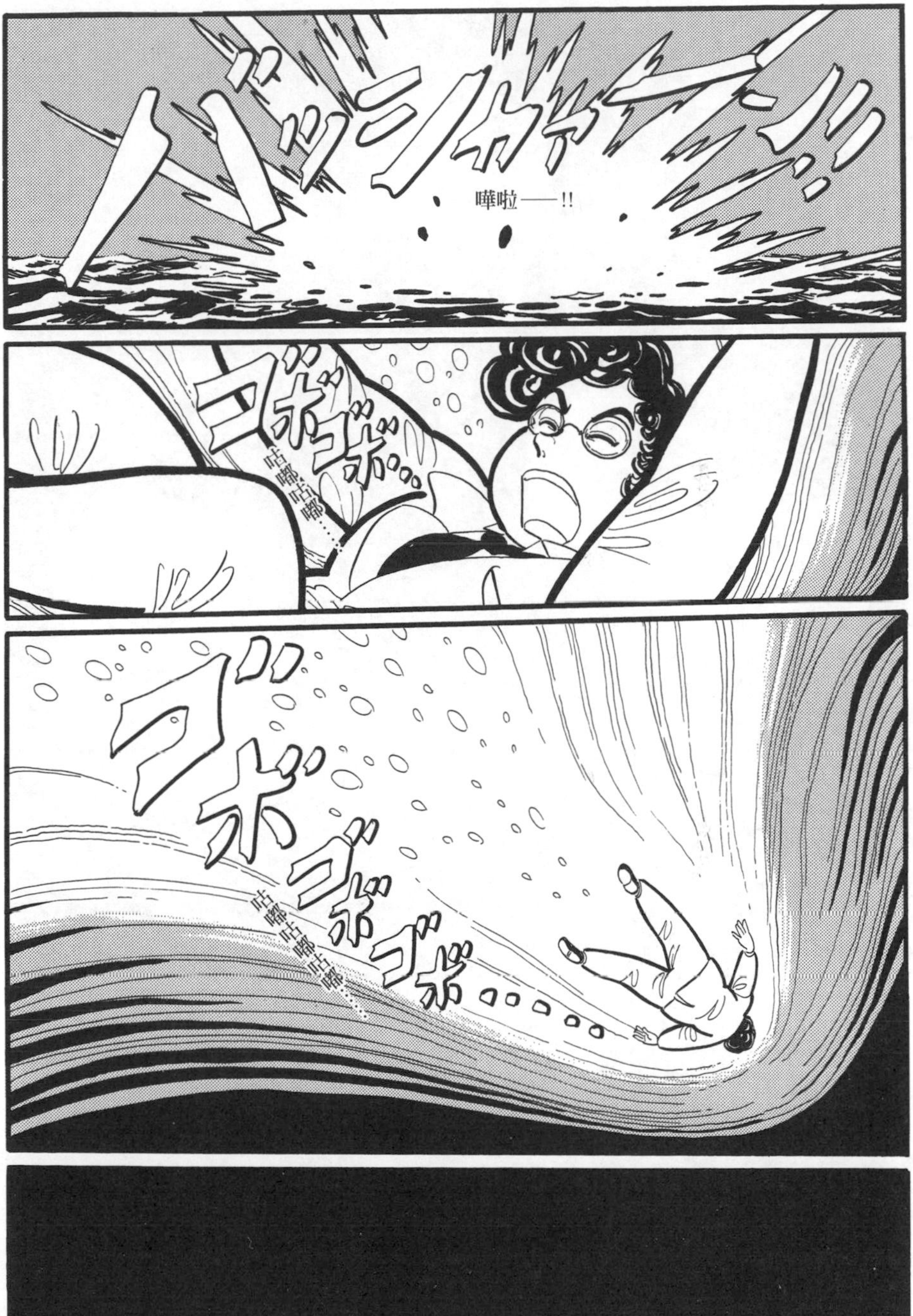
嘩啦——!!
咕嘟咕嘟……
咕嘟咕嘟咕嘟……

喂。
沒事吧？
這……這裡是？
公園的池子。
我將你從池子裡拉了上來。
那……那名女子呢？
抓到了。
就是牠。

キキィッ!
吱吱!
這是……!?
喂,這次我就放妳一馬。
下次可沒這麼幸運。
パタパタ…!
啪噠啪噠……!
去吧,不要再做壞事了。
你要放過牠嗎?
牠應該也學到了一些教訓。

哎呀呀……你經常遇到這種事情嗎？
是啊。
都是對方過來招惹我的，我也沒辦法啊。
女人也是嗎？
女人我倒是不拒絕。
……我也這麼希望。不過這種愛慕法倒是免了。
咻！
我也是啊。
兩邊都是一樣的。

〔蝙蝠〕終

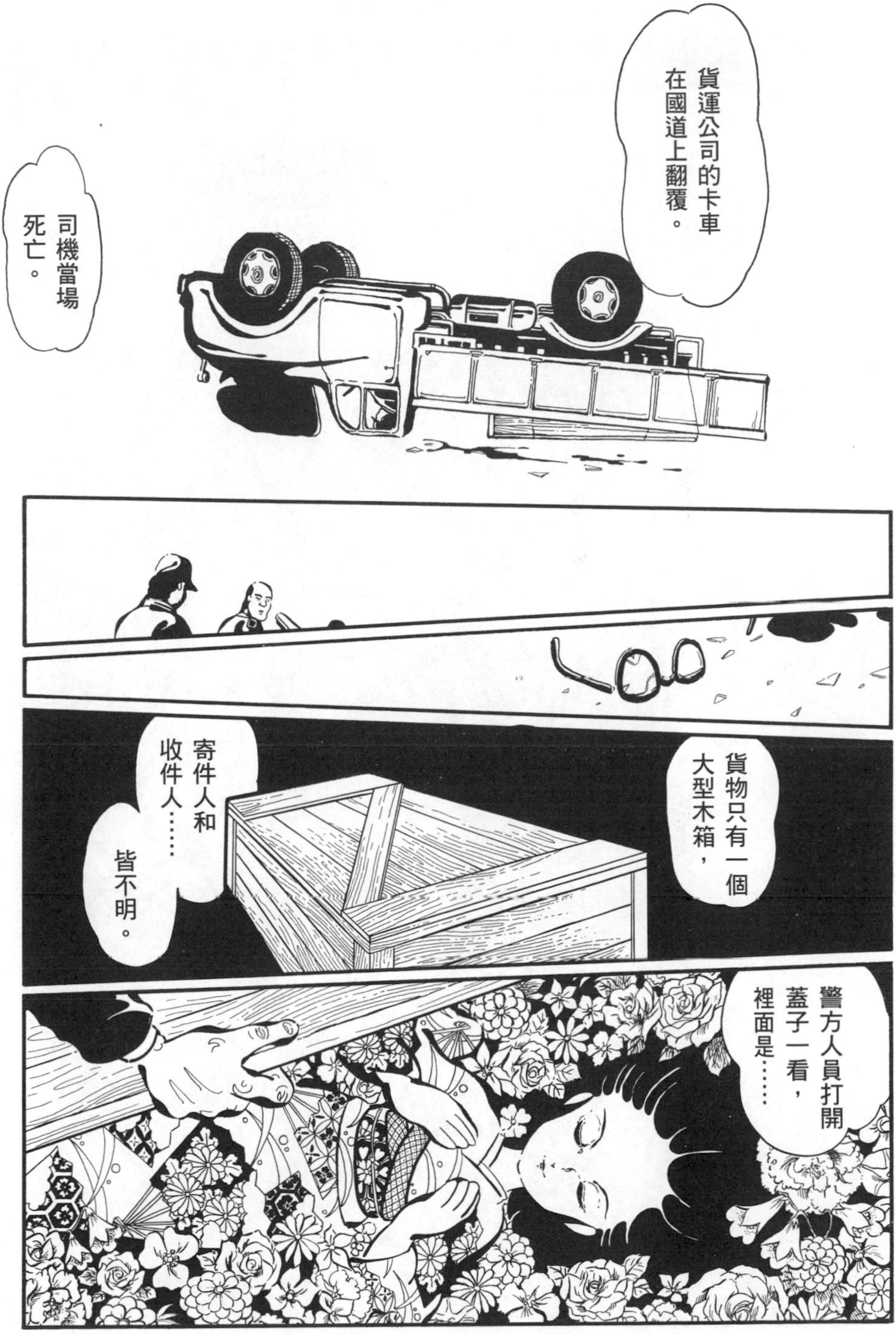
貨運公司的卡車
在國道上翻覆。
司機當場
死亡。
貨物只有一個
大型木箱，
寄件人和
收件人……
皆不明。
警方人員打開
蓋子一看，
裡面是……

第十九夜　人偶地獄

警察病院
警察醫院
喔——警部先生。
少年偵探夢幻魔實也
難得您找我過來。
警視廳獵奇課江戶川警部
真無情啊——
如果可以的話，我也不想叫你來啊。
好久不見的名搭檔又復出了呢。
別再說了，怪不舒服的。

啪嗒！
她失去了意識？
你看過報導了吧？她就是「木箱裡的睡美人」。
多虧有其他填充物，她身上連一道擦傷都沒有……
與其說失去意識，簡直是整個人變成了人偶。
！
什麼話都不說，
也不知道聽不聽得到我們說的話。
不是車禍的後遺症嗎？
還是她天生就是如此？
不是的，她的家人在外頭。
似乎也不是被下藥……我想她可能被催眠了。
你能讀別人的內心吧？可以幫我調查看看嗎？

我是不會隨意窺探他人隱私的。
拜託你了。
說不定能成為少女連續失蹤案的破案關鍵啊。
所以說，她是……
沒錯，她的家人幾個禮拜前才報警尋人。
……我來試試吧。
嘰……

不好意思……請問是久月府上嗎？
我是介紹所安排來訪的。
我叫做十勝梅子，是這個家的侍女。
他是男僕十藏。

三島那由子小姐……直到上個月都在鎮上工廠工作，沒錯吧？
是的。
妳家人很多嗎？在這裡工作必須住宿喔。
我因為不景氣被裁員……但家裡還有年幼弟妹和生病的母親要照顧，已經走投無路……
咦……沒辦法回家嗎？
相對地，薪水相當優渥喔。
我來向妳介紹一下吧，這裡是大小姐的房間。
啊……是的。
久月老爺和夫人目前在國外旅行，
這個家所有事都歸我管理。
我想麻煩妳服侍大小姐，
請日夜都陪在她身邊。
因為我們家大小姐不太好伺候。
我已經很習慣和小孩子相處了。

小孩子？呵呵……
大小姐年紀比妳來得大呢。
叩！
嘰……
這位是雛子小姐。

和夫、良一、幸子，你們過得好嗎？
姊姊正坐在大宅邸的漂亮房間裡，提筆寫信給你們。
姊姊現在服侍的雛子小姐自幼體弱多病，聽說從出生以來就不曾離開過家，
甚至無法在太陽底下玩耍。
她沒有辦法交朋友，
所以房間裡擺了許多娃娃。
整棟宅邸也是，到處都裝飾著漂亮的娃娃。
日本娃娃、法國洋娃娃、陶瓷娃娃、布娃娃、紙娃娃……還有和真人一模一樣的蠟像人偶喔。
和這麼多娃娃生活在同一棟房子裡，有種自己也變成了娃娃的錯覺呢。
等姊姊領到薪水後，也買洋娃娃送給幸子吧。
姊姊當然也會準備好給和夫和良一的土產，一起帶回家的。

姊姊暫時還無法回去，大家要乖乖相處喔。
噹
媽媽的身體還好嗎？如果發生了什麼事，一定要盡快告訴姊姊。住址就寫在背面……
嘰……
！
是誰？
！
碰！
是我多心了！

チチチチ
嘰嘰嘰嘰……
家裡的要事全都由我和十藏負責。
妳只要負責陪伴大小姐就可以了。
是的。不好意思……
我想寄信回家。
交給十藏就好。他之後會拿去郵局。
簌簌……
河水川流不息，水不復在，水窪上的泡沫，忽生忽滅，不曾長久……（註）
！

註：出自日本鎌倉時代文學作品《方丈記》。

怎麼了？
妳真可愛。
！
妳有喜歡的男人嗎？
不，那種事……
我一直都在忙著照顧弟妹……
我討厭小孩子！
不對，不只是小孩，我討厭所有活生生的人。
整天吵鬧不休，滴著黏答答的口水，還會散發噁心的味道。
我的朋友只有人偶。人偶很可愛呢。
不但不會吵鬧，也不用花費心思，就只是漂漂亮亮地待在那裡。
我也想變成人偶。
妳呢？

媽媽、和夫、良一、幸子，為什麼你們不回信給我呢？我覺得有點寂寞呢。
我也差不多要習慣這裡的生活了。
星期四
星期三
星期二
大小姐雖然個性有點古怪，但是一位很棒的淑女。
那由子，我很喜歡妳喔。
妳真可愛，就像人偶似的。
對了，我們倆來變成人偶吧。
咦？
當人偶就不用思考人類的事了喔。
也不用照顧幼小的弟妹，什麼事都不需要操心。
妳看。

很棒吧？
來吧，來親吻吧。妳看著我做。
咦？
我們都可以變成人偶喔。
……那是無比美麗的光景。
我自然而然地想要加入他們──
沒錯，成為雛子小姐和美青年蠟像人偶的一員。

媽媽，我一定是腦袋不正常了。
從那天起，我每天都和雛子小姐假扮成人偶。
彼此將對方當成人偶，換上漂亮的和服，綁起可愛的髮型。
每當換完裝以後，我都覺得自己彷彿真的變成了人偶。
那是一種很不可思議的心情……
弟弟、妹妹、借款……
連媽媽的事，都變得無所謂了。
我最近甚至開始覺得，自己說不定真的化為了人偶。
好可怕。
但是，我卻無法逃跑。

那是一種甜美而祥和的感覺，我已經沉迷於其中。
沒錯，我想變成人偶。
那由子。
在妳來之前，也有好幾個女孩子來到這裡喔。
妳知道她們變成了什麼嗎？
她們變成了人偶喔，真正的人偶。

妳想見見大家嗎？
妳看，她們都在這裡。
大家都是在這裡被裝進木箱的喔。
人偶不就是要裝進木箱後、送到主人手上嗎？
妳也想被裝進箱子裡吧？
也想被送到主人手上吧？
點頭！

嗯！
美少女連續失蹤案件
人口販賣組織牽涉其中
真傷腦筋呢！
!!
可惡！無能的貨運公司！早知會變成這樣，當初找黑貓宅急便就好了！
梅子……不，尊夫人剛才被警察抓到了喔。

接下來只剩主嫌雛子小姐了……
她人在哪裡？
你在說什麼啊？
你最好從實招來。
呃！
好、好痛苦……
再不開口的話，血管可是會爆裂的喔。
哎呀哎呀，喉嚨快要裂掉了喔？
趁你還發得出聲音……
在碼頭……九十六號貨船……今晚……十點……

好慢啊。
カンカンカン!
哐!
哐!
哐!
船差不多要開了。
貨物都安置好了？
是啊，她們都很安靜呢，簡直就像真正的人偶。
國內已經做不了這種生意了。
國外的話，
就能賣好價錢呢。畢竟是像人偶般順從的日本女孩嘛。
貨物在哪？
NO 5
在這裡。
!!

耶——
你是誰!?
船長!!
抱歉，對方手上有槍。警方已經包圍這艘船了。
嘖！
嘿……打個商量吧。
喔？
來，你看這個。
很漂亮的鑽石吧？

仔細看……我可以送你喔。
放我一馬……
你看，很漂亮的鑽石吧。
仔細看……
你的眼皮越來越沉重，越來越想睡覺……
哈哈！別鬧了。妳想催眠我嗎？
!!
我和那些容易受催眠的小姑娘可不一樣。
喂，菜鳥！
至少要做到這種程度讓我瞧瞧啊！
吼！

キャア
呀啊啊啊啊
你對那女人做了什麼？
她現在還恍恍惚惚的，根本無法偵訊。
發愣
ポケ
我只是稍微讓她看見一點幻覺罷了。
可能不小心下手太重了？
應該等一下就會恢復了。

少女都平安無事了。那些傢伙對她們下了催眠，洗腦成服從主人的人偶，然後再賤賣出去。
一般來說會使用麻醉藥，
但似乎下藥會導致身體虛弱。
那由子小姐被發現的時候，是已經裝完箱、正準備送至買家手上的途中。
我們也找到了買家名單，上頭有許多知名人士。現任的大臣也名列其中呢，真是老不修！
少爺，那由子小姐之後如何了呢？
催眠應該漸漸消除了吧。
她目前在百貨公司工作。
負責賣商品嗎？
當人形模特兒。

〔人偶地獄〕終

千金小姐與人面瘡

夢幻紳士【默劇篇】

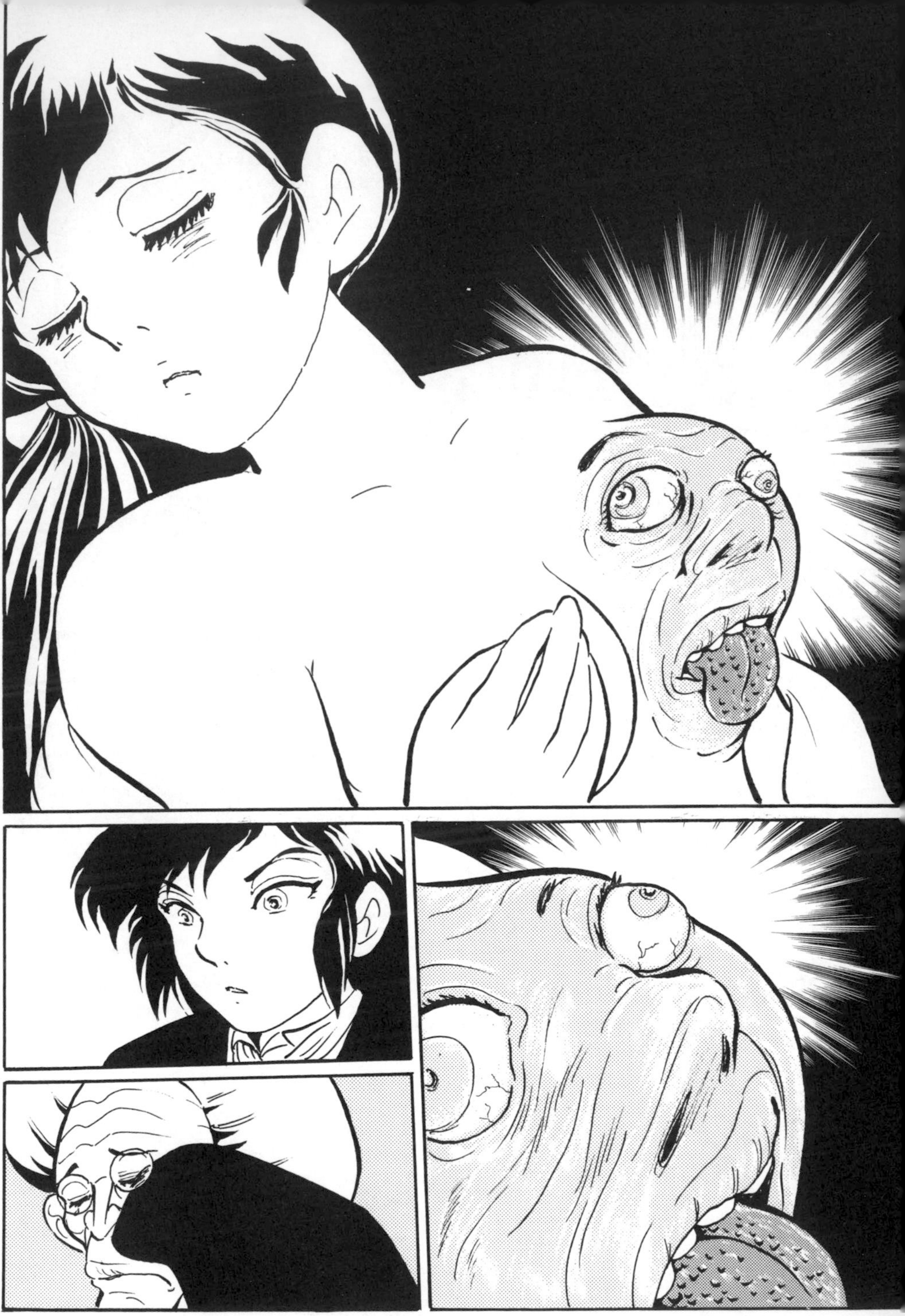

ぴと
啪
!

ずる……
咻嚕……

ギャッ!!
嘎—
ギャ!
嘎—
ギャアアア…!
嘎—!
くいっ
咻!
くいっ
咻!
くいっ
咻!

ギャァ!!
嘎!
ギャ!!
嘎!

啪……

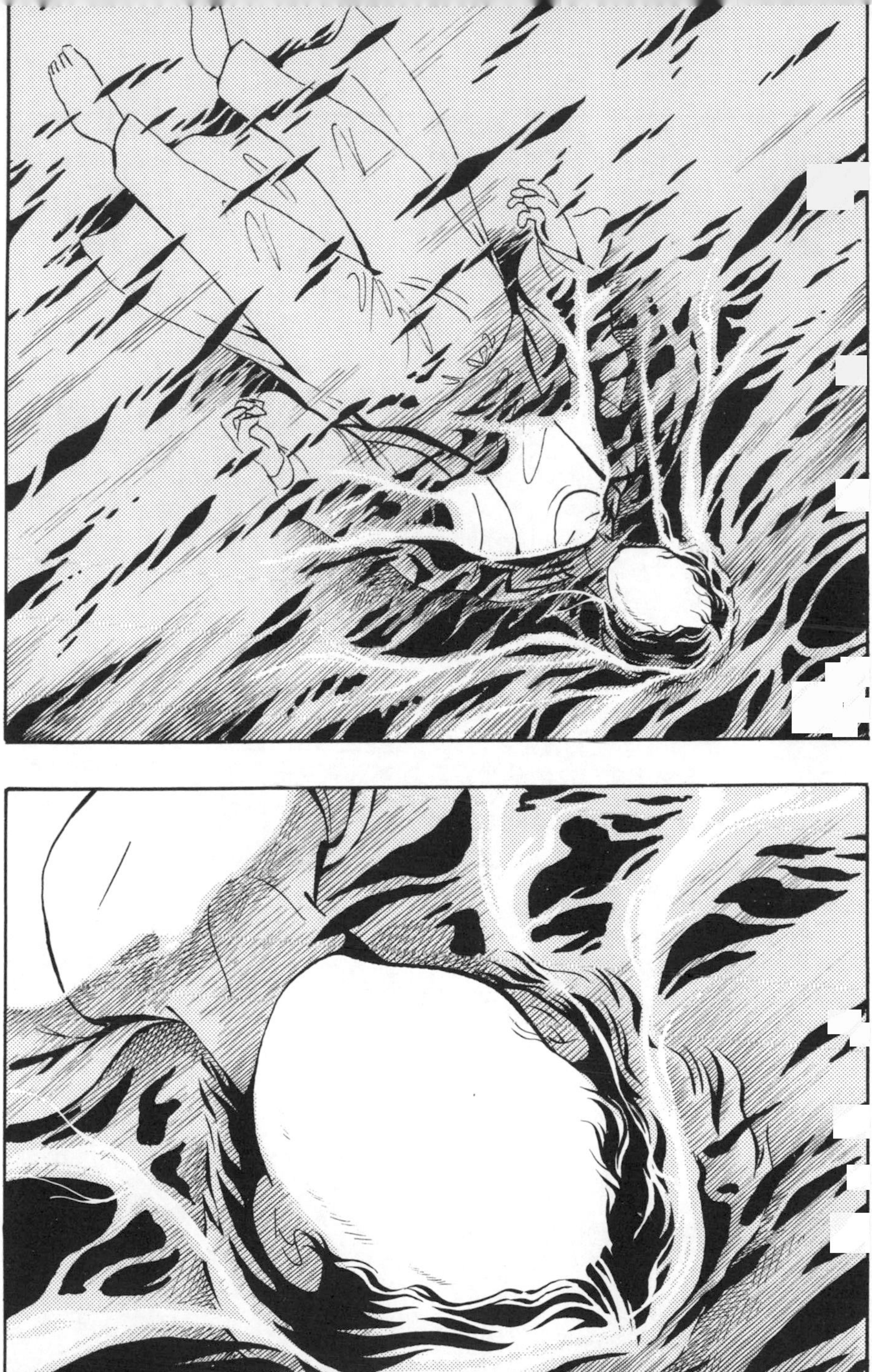

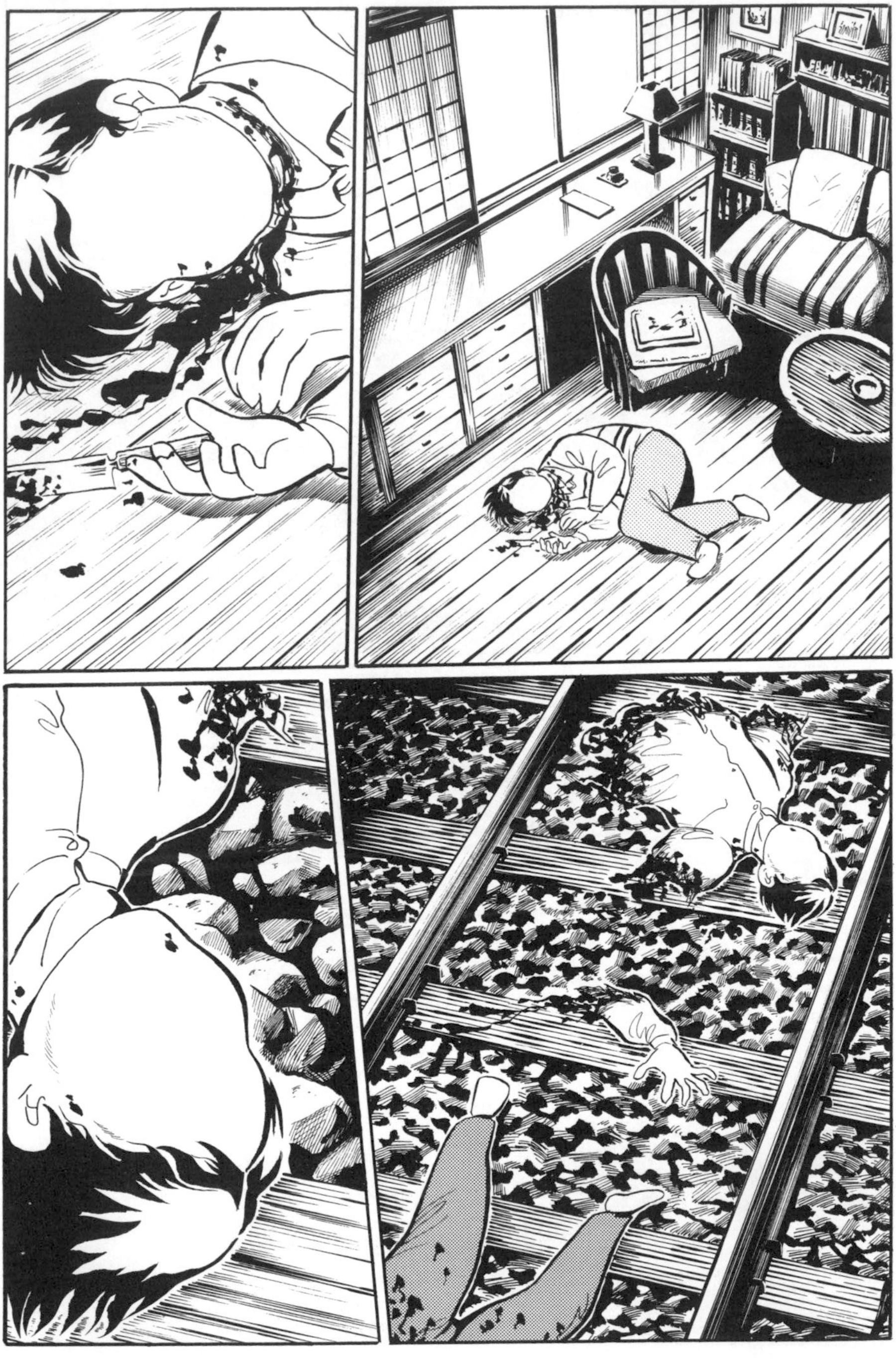

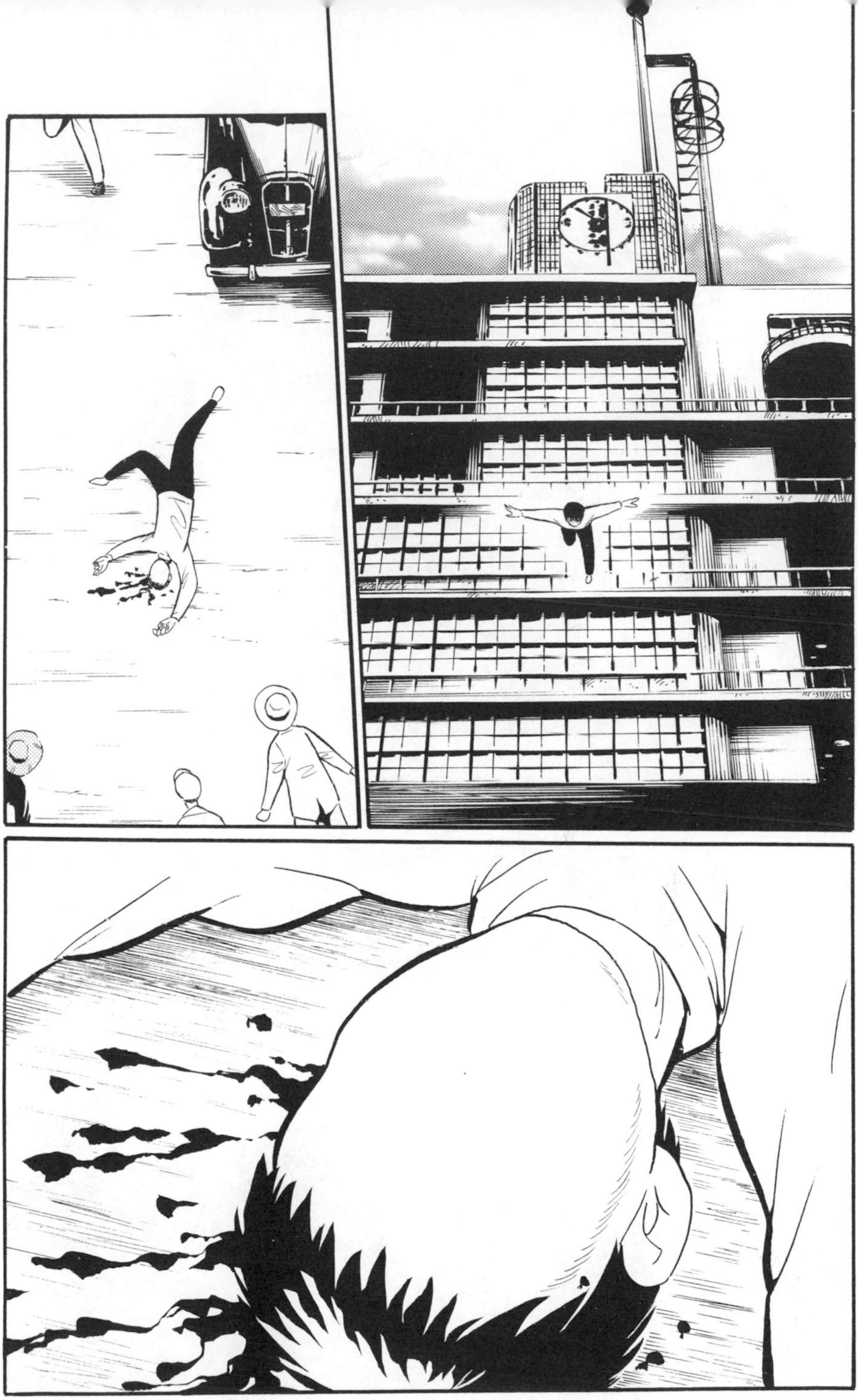

フウ。。。
呼……

出處一覽

〈幽靈船〉	《Medium》1984年4月號
〈老夫婦〉	《Medium》1984年7月號
〈吸血鬼〉	《Medium》1984年10月號
〈沼澤〉	《Medium》1985年1月號
〈幽靈夫人〉	《Medium》1985年4月號
〈人頭宅邸〉	《Medium》1985年10月號
〈針女〉	《Comic Again》1985年5月號
〈木精〉	《Medium》1986年4月號
〈覺〉	《Medium》1986年2月號
〈夢魔〉	《Medium》1986年7月號
〈電梯〉	《Medium》1986年10月號
〈蜘蛛〉	《Medium》1987年1月號
〈機器娃娃〉	《Medium》（special）1987年5月號
〈煙火〉	《少年Captain》1988年6月號
〈鬼〉	《少年Captain》1988年9月號
〈蛇〉	《少年Captain》1988年10月號
〈夜宴〉	《少年Captain》1988年12月號
〈蝙蝠〉	《少年Captain Select》1991年5月號
〈人偶地獄〉	《Ryu》1982年9月號
〈千金小姐與人面瘡〉	新作

關於「夢幻紳士」

高橋葉介

「我名曰夢幻，
全名夢幻魔實也。」

「夢幻紳士」系列最初的作品是〈人臉小偷〉，昭和五十六年二月刊載於朝日Sonorama出版社的《月刊漫畫少年》。

在我又接著完成三篇作品後，《漫畫少年》面臨停刊。昭和五十八年三月，出版社集結《漫畫少年》收錄的四篇作品、刊載於其他雜誌的兩篇作品、為單行本繪製的創作概念和圖像小說，出版了《夢幻紳士》精裝本。

其後，我在德間書店的《Ryu》、《Captain》雜誌中一改前作風格，讓冒險格鬥調性的**少年偵探夢幻魔實也**以動作喜劇的形式活躍，並出版單行本。目前早川書房將此系列集結為五冊文庫本。

與「活劇篇」幾乎相同時期，《夢幻紳士 怪奇篇》於德間書店《Medium》

季刊雜誌連載。一九八四年四月號至一九八七年五月號為《Medium》，一九八八年六月號至一九九一年五月號的作品則是移師至《Captain》繼續刊載。

僅有〈人偶地獄〉為一九八二年刊載於《Ryu》的作品。《夢幻紳士怪奇篇》系列經德間書店收錄為三冊全集、早川書房收錄為單冊文庫本後，這次以珍藏版形式重新出版，來到讀者手中。

「無論鬼怪還是女人，
都是對方主動過來招惹的，我也沒辦法啊。」

再之後，夢幻搖身一變，罕見地以稍有生活感的角色形象（留宿地的女孩子嫌他妨礙清掃，將身上還裹著棉被的他趕出門外），在朝日Sonorama的「夢幻外傳」登場，這系列故事也集結成三冊單行本出版。

連載於早川書房《Mystery Magazine》的《夢幻紳士 幻想篇》在二〇〇五年四月集結成冊，二〇〇六年四月發行〈逢魔篇〉、二〇〇七年五月發行〈迷宮篇〉。

雖然並非刻意為之，但〈幻想篇〉、〈逢魔篇〉、〈迷宮篇〉便成了三部曲。

在〈逢魔篇〉出場的女藝者「手之目」也有衍生作品，以主要角色的身分在其他漫畫活躍，並出版三冊單行本。

「放開那個人，
讓我來和你玩一場吧。」

二〇〇九年十月出版的夢幻紳士〈回歸篇〉是重製Medium版（怪奇篇）而成，畫風已截然不同，請務必兩相比較閱讀。但話說回來，出版社也真能放任我任性。

如果我是編輯，絕對不會放行這種企劃。

二〇一三年九月出版的《夢幻紳士 新・怪奇篇》是夢幻紳士系列目前最新的單行本，對我而言，也是集結得最完美的一冊。

「大小姐們，別來無恙吧？今晚的表演結束啦！
再會了！晚安！」

〈千金小姐與人面瘡〉是為了珍藏版新繪製的作品。以前東寶曾有一部名為《美女與液體人》的特攝電影，我對片名印象深刻。其他還有像是《原子怪獸與裸女》、《忍者與惡女》、《剝下美女皮的男人》等羅傑．科曼的電影。

我便是參考了這種充滿B級趣味、能勾起觀者低級興趣的命名品味，而取了這樣的標題。

「差不多該從夢裡醒來了，快睜開眼睛吧。
如果不從夢裡醒來的話，
就無法做下一場夢了喔。」

其他未收錄於單行本的夢幻紳士作品，還有為河出書房新社《KAWADE夢Mook特輯 高橋葉介》繪製的四頁彩頁、再錄本《煙童女》十二夜、早川書房漫畫合集懸疑篇《Comic M》再錄六頁、新作十六頁等。

〈怪奇篇〉的魔實也是我在幾乎沒決定細節設定或個性下開始繪製的。可以說他是倏地躍入我腦海中的角色。

年紀不詳、住處不定、**自稱**偵探。

他懷著惡意和溫柔，或只是單純地反覆無常，是殘酷的天使也是溫柔的惡魔，是於他人夢境中來去自如的黑色旁觀者。

真是個很亂來的設定呢。

「那麼，我們下次再會吧。」

NAZOMAN 13

夢幻紳士【怪奇篇】珍藏版

原著書名／夢幻紳士【怪奇篇】愛藏版
原 作 者／高橋葉介
原出版社／早川書房
翻　　譯／丁安品
編輯總監／劉麗真
責任編輯／張麗嫺

總 經 理／陳逸瑛
榮譽社長／詹宏志
發 行 人／凃玉雲
出 版 社／獨步文化
城邦文化事業股份有限公司
104台北市中山區民生東路二段141號5樓
電話：(02) 2500-7696　傳真：(02) 2500-1967
發　　行／英屬蓋曼群島商家庭傳媒股份有限公司
城邦分公司
104 台北市中山區民生東路二段141號2樓
網　　址／www.cite.com.tw
讀者服務專線／(02) 2500-7718；2500-7719
服 務 時 間／週一至週五　09：30～12：00
13：30～17：00
24小時傳真服務／(02) 2500-1900；2500-1991
讀者服務信箱E-mail／service@readingclub.com.tw
劃 撥 帳 號／19863813
戶　　名／書虫股份有限公司
香港發行所／城邦（香港）出版集團有限公司
香港灣仔駱克灣道193號東超商業中心一樓
電話：(852) 2508-6231　傳真：(852) 2578-9337
馬新發行所／城邦（馬新）出版集團　Cite (M) Sdn Bhd
41, Jalan Radin Anum, Bandar Baru Srl Petaling,
57000 Kuala Lumpur, Malaysia.
Tel: (603) 90578822　Fax: (603) 90576622
email:cite@cite.com.my

封面設計／高偉哲
印　　刷／漾格科技股份有限公司
排　　版／陳瑜安
□2021年（民110）11月初版
□2021年（民110）11月19日　初版3刷
售價499元

Mugenshinshi Kaikihen Aizouban

ISBN：978-986-55809-4-0
978-986-55809-5-7（EPUB）